ハヤカワ文庫 FT
〈FT424〉

エレニア記③

四つの騎士団

デイヴィッド・エディングス
嶋田洋一訳

早川書房
5930

THE RUBY KNIGHT

by

David Eddings

Translated by
Yoichi Shimada
Published 2006 in Japan by
HAYAKAWA PUBLISHING, INC.
This book is published in Japan by
arrangement with
RALPH M. VICINANZA, LTD.
through JAPAN UNI AGENCY, INC., TOKYO.

若いマイクに
「車に置いておきなさい」
そしてペギーに
「わたしの風船はどうした」

目次

ペロス海
ゼモック海
メージュク川
メージュク
アパリア
アーカ
エノタ
ドロカ
メージュク湾
アリス川
ヴィレタ
ゼモック
アーカ川
ペロシア国
ヴェンネ
パレル
タリス川
ヴェンネ湖
ヴェルドス
アルバク
アエラ川
アグナク
ランデラ
ヴラーデン
ランデラ湖
フォラカク
カネアス
ゼモック国
ガナ・ドリト
ラモーカンド国
ラモーカ
ベラク
ドアール川
ラモーク湖
スンダ
ガンダ
モテラ
ガンダ川
クドゥ川
ダク川
カドゥム
エブラシュ
カダク
ヴェッツラ
カモリア湖
ヴェッツラ湖
カレロス
オナド
ハルガ
アルネク
カモリア
外の海
ボラッタ
レブロス川
カム川
ゲラス川
サリン川
カモリア国
ゼンガ
ランドクス
マデル
レブロス
ミラスカム
サリニウム
ザハール
イオシア大陸
内の海
国境
街道
道路と航路
キップリア
マイル 25 50 75 100 200 300 400 500
リーグ 8 17 25 33 67 100 133 167

ホルセト
フスダル
ヘイド
サレシア国
クセマ川
エムサット川
ヨスト
クセマ
エムサット
サレシア海峡
ナデラ
シェール
アサベル
アサベル川
アミール
エンダール
デイラ国
ガタス
デイラ海
アシー川
アシー湾
アシー
アテーラ
エンデ
エンデ川
スティリック川
アラリ
カードス
アルー
レンダ
シミュラ
シミュラ川
エレニア国
ディエロス
ヴァーデナイス
ユセラ
ユセラ川
アーシウム
コムベ川
コムベ
ラリウ
ザンド
ジロク
グール川
コドル
アーシウム海峡
ウマント
ダブール
レンドー国

四つの騎士団

登場人物

スパーホーク…………エレニア国のパンディオン騎士。エラナ女王の擁護者
カルテン…………………パンディオン騎士。スパーホークの幼馴染
ベヴィエ…………………アーシウム国のシリニック騎士
ティニアン………………デイラ国のアルシオン騎士
アラス……………………サレシア国のジェニディアン騎士
セフレーニア……………パンディオン騎士の教母。スティリクム人
フルート…………………スティリクム人の謎の少女
クリク……………………スパーホークの従士
タレン……………………シミュラの盗賊の少年
ベリット…………………パンディオン騎士見習い
エラナ……………………エレニア国の女王
アニアス…………………シミュラの司教
アラシャム………………エシャンドの異端派の指導者
オーツェル………………カダクの大司教
アルストロム……………オーツェルの弟、男爵
ゲーリック………………ラモーカンドの伯爵
ワト………………………ラモーカンドの農民
マーテル…………………元パンディオン騎士
クレイガー
アダス　}…………マーテルの部下
オサ………………………ゼモック国の皇帝

序章

スパークホーク家の歴史
――パンディオン修道会年代記

二十五世紀のこと、ゼモック国のオサの軍勢が西イオシアのエレネ人国家に侵攻し、西方への行軍の途上にあるものをことごとく炎と剣で破壊した。オサの軍勢は無敵かと思われたが、それは煙たなびくランデラ湖畔の戦場で、西方諸国の連合軍と教会騎士団が迎え撃つまでのことだった。このラモーカンド中央部での戦いは数週間に及んだといわれ、ついにゼモックの侵略軍は押し戻され、国境の彼方へと退却していった。

エレネ人は完全な勝利を手中にしたが、この戦いで教会騎士のほぼ半数が戦場に斃《たお》れ、エレネ人の王たちの軍団も何万という数の死者を出した。勝利はしたが消耗しきった生き残りが故国に戻ると、そこにはさらに恐ろしい敵が待ち受けていた――戦争にはつきものの、飢饉《ききん》という敵が。

イオシアにおける飢饉は数世代にわたって続き、大陸の人口を激減させた。必然的に社会組織は崩壊しはじめ、エレネ人の諸王国には政治的混乱が巻き起こった。不良豪族たちは口先だけで国王に忠誠を誓い、私人の争いがしばしば醜い小競合《こぜりあ》いを引き起こし、山賊行為が横行した。こうした状況は、その後二十七世紀の初頭まで改善されることはなかった。

この混乱の時代に、一人の新参者がデモスのわれらが騎士本館を訪れ、騎士団の一員に加わりたいと真摯《しんし》な希望を述べた。訓練が始まるや当時の騎士団長は、スパーホークという名のこの若い志願者がただ者ではないことをただちに見抜いた。その男はたちまちのうちに仲間の見習い騎士たちを追い越し、年経たパンディオン騎士たちをさえ演習場で打ち負かしたのだ。しかも肉体的な力ばかりではなく、知的な面でもスパーホークはずば抜けていた。スティリクムの秘儀を扱う才能はこの技を教える教父を大いに喜ばせ、年老いたその教父は、通常のパンディオン騎士に教えるよりもはるかに奥深いところまでこの生徒を導いていった。デモスの大司教もまたこの見習い騎士の教育に情熱を傾け、拍車を得てサーの称号を受けるころには、スパーホークはすでに哲学と神学の方面でも高い名声を得ていたほどだった。

サー・スパーホークが騎士の称号を得たころ、若きアンター王がシミュラにおいて戴冠《たいかん》し、この二人の若者の人生は複雑に絡まり合うこととなった。アンター王は血気盛んな若者で、ときに熱心さのあまり無謀な行動を取ることがあった。北部の国境地帯で山賊行為が横行していると聞いたときも、王は怒り心頭に発して、わずかな手勢を引き連れただけで山賊討伐に乗り出してしまった。この知らせがデモスに届くと、パンディオン騎士団長は即座に救援部隊を北に向かわせた。この部隊の中にサー・スパーホークも加わっていた。

アンター王が窮地に陥るのに大した時間はかからなかった。勇気こそ誰にもひけを取るものではなかったが、経験の不足はいかんともしがたく、王はしばしば深刻な戦術上の過《あやま》ちを犯した。北部辺境の山賊化した豪族たちが互いに手を組んでいることを知らぬまま、部下を率いてまっすぐに突っこんでいったのもその一つだった。仲間の山賊が応援に駆けつけてくるなどとは、王は考えもしなかった。ただでさえ数の劣るアンター王の軍勢は何度となく最後尾を奇襲され、山賊たちは盲目的に突撃してくる討伐隊の側面にやすやすと回りこんで攻撃を仕掛けた。王の手勢は徐々にその数を減らしていった。

スパーホークたちパンディオン騎士の部隊が駆けつけたのは、ちょうどそんな時だった。若き王の軍勢を激しく攻撃しているのは、地元の盗賊団からかき集めたらしい、ろくに軍事訓練も受けていないような集団だった。それを率いる豪族たちは後方から戦況を見物している。数の上ではまだまさっているものの、名高いパンディオン騎士団の戦いぶりはどれほどのものかと、慎重に構えているようだ。これまでの成功に味をしめて攻撃をかけろと主張する者もいたが、思慮深い年長者たちがそれを抑えていた。どうやら豪族たちは、老いも若きも等し並みに、これをエレニアの玉座を手にする好機と見たようだった。アンター王が戦場に散れば、王冠はそれを仲間からもぎ取るだけの力のある者の所有に帰することとなりそうだったのだ。

パンディオン騎士と討伐隊の連合軍に対する豪族側の最初の攻撃は、とりあえず敵の強さと決意のほどを測るための、小手調べといった程度のものだった。反応がかなりの程度まで防御的なものだとわかると、攻撃側は色めきたった。ペロシアとの国境からほど遠からぬあたりで、ついに両者は激突した。豪族側が全軍を挙げての攻勢に出たことがはっきりしたとたん、パンディオン騎士はいつもの勇猛さを取り戻した。小手調べの攻撃に対して防御的な姿勢で臨《のぞ》んだのは、豪族側に全面攻撃を仕掛けさせるための策略だったのだ。

戦闘は春の一日の昼間いっぱいをかけて行なわれた。午後遅く、明るい陽射しが戦場にあふれる中、アンター王は親衛隊ともはぐれて、馬もなく、敵に追い詰められていた。あとは命をできるだけ高く売ってやろうと心を決めたとき、サー・スパーホークが乱戦の中に飛びこんできた。立ちふさがる敵を斬《き》り伏せてすばやく王に駆け寄り、歴史の中の古めかしい戦《いくさ》のように、二人は背中合わせになって敵を寄せつけまいとした。アンターの無鉄砲な勇気とスパーホークの技量があいまって、敵はなかなか近づくことができない。と、図らずもスパーホークの剣が折れ、二人を取り巻いていた敵が勝ち誇った叫びとともに殺到してきた。しかしそれは致命的な過ちだった。

の死体から幅広の刃のついた柄《え》の短い槍《やり》を奪うと、スパーホークは突進してくる敵を次々と打ち倒した。戦闘が最高潮に達したとき、一団を率いていた浅黒い顔の豪族が、手傷を負ったアンターにとどめを刺そうと突っこんできた。だがその男は逆にスパーホークの槍を腹に受けて死んでしまい、大混乱に陥った手下どもはじりじりと後退すると、算を乱して逃げ去った。

アンターの受けた傷は重く、スパーホークも多少はましという程度でしかなかった。夕闇が迫るころ、疲れきった二人は並んで地面に座りこんだ。血まみれの戦場に腰をおろした二人が夜になってどんな話をしたのか、ここに再現することはできない。後年になっても、その夜のことは二人とも口にしようとしなかったからだ。ただ一つ知られているのは、二人がその夜、互いの武器を交換したということである。アンターはエレニアの王家の剣をサー・スパーホークに与え、その代わりとして、スパーホークが王の命を救った槍を受け取った。王はその粗野な武器を亡くなる間際まで大切にしたという。

真夜中近く、負傷した二人は闇の中を近づいてくる松明《たいまつ》に気づいた。敵か味方かわからないまま、二人は懸命に立ち上がって慎重に身構えた。だが近づいてきたのはエレネ人ではなく、白いローブを着てフードをかぶったスティリクム人の女だった。女は無言で二人の傷の手当をし、小さな声で短く語りかけると、生涯にわたる二人の友情を象徴する一対の指輪を手渡した。伝説によると、その指輪に嵌《は》めこまれた石はダイアモンドのように無色透明だったのだが、二人が受け取ったときに血と石が混じり合い、今日のような深紅色のルビーになったとされている。指輪を渡してしまうと、スティリクム人の女はそれ以上何も言わずに二人に背を向け、白いローブを月明かりに輝かせながら夜の中へと去っていった。

霧の中に朝日が兆し、アンターの親衛隊とスパーホークの同僚のパンディオン騎士たちがとうとう二人を見つけだした。負傷していた二人は担架に乗せられ、デモスのわれらが騎士本館へと運ばれた。回復には数カ月を要した。旅ができるほどになるころには、二人は無二の親友となっていた。ゆっくりした旅でシミュラにあるアンターの居城まで戻ると、王はそこで驚くべき発表を行なった。これ以後パンディオン騎士スパーホークを国王の擁護者に任じ、両家の子孫が生きている限り、スパーホークの子孫はエレニアの王室に仕えるものとするという発表だった。

当然のことながら、シミュラの宮廷には権謀術数が渦巻いた。だがさまざまな党派の思惑は、スパーホークが王宮に謹厳な顔を見せることで、ある程度まで抑制されることとなった。あちこちの党派がスパーホークを仲間に引き入れようとしてにべもなく拒否され、廷臣たちは不満顔で、それでも国王の擁護者が買収できるような人物ではないことを認めるに至った。これに加えて、国王とスパーホークの友情のゆえに、このパンディオン騎士は王のもっとも信頼する、もっとも近しい助言者となった。すでに述べたようにスパーホークの知性は群を抜いており、しばしば宮廷内で画策されるちょっとした陰謀をすばやく見抜いては、そこまでの眼力のない王に知恵を授けた。一年もするとアンター王の宮廷からは腐敗がほとんど一掃されたが、これもスパーホークが自分と同じ清廉さを周囲にも厳しく求めたためだった。

エレニア国のさまざまな政治的党派の心配の種だったのは、王国内においてパンディオン騎士団の影響力が徐々に大きくなってきたことだった。アンター王はサー・スパーホークのみならず、国王の擁護者の仲間の騎士たちにも大いに感謝していた。王とスパーホークはしばしばデモスを訪れてわれらが騎士団長と会談し、重要な政策の決定は騎士本館で行なわれることが多くなっていた。長らく慣習として王国の政策を協議していた王国評議会では、廷臣たちが王国の利益よりも自身の利益を優先して考えるようになっていたためだった。

サー・スパーホークは中年になって結婚し、すぐに息子が生まれた。アンターの求めによりその子もスパーホークと名付けられ、以後それは習わしとなって今日まで続いている。適齢に達すると若きスパーホークはパンディオン騎士本館に入り、いずれ継ぐことになる地位にふさわしい訓練を受けはじめた。喜ばしいことに、若きスパーホークとアンター王の皇太子は少年時代を通じて親友となり、王と擁護者の関係は次の代にも続くことが確実となった。

齢《よわい》を重ね名誉を重ねたアンターが死の床に就いたとき、最後にしたのはルビーの指輪と幅広の刃のついた短い槍を息子に託すことだった。同時にスパーホークのほうは、指輪と王家の剣を自分の息子に託した。これもまた習わしとして、今に至るまで続いている。

エレニア国の民衆のあいだでは、王家とスパーホーク家の友情が続く限り王国は存続し、いかなる邪悪も王国にはびこることはないと信じられている。多くの迷信と同様、これもまたある程度まで事実に基づいている。スパーホークの子孫はつねに才能豊かだったし、パンディオン騎士としての訓練のほかに、伝統的な職責を果たすために必要な国家運営と外交についての教育も受けていたためである。

しかしながら、最近では王家とスパーホーク家の結びつきにもほころびが見られる。軟弱な王であったアルドレアスは、野心家の妹とシミュラの司教の思うままに操られ、冷酷にも今のスパーホークに、エラナ王女の養育係というつまらない仕事を命じた。腹を立てた擁護者が、継承してきた地位をなげうつことを期待しての命令だったものと思われる。だがサー・スパーホークは課せられた責務をまっとうし、いずれはエレニア国の女王として国土を治めるのに必要な事柄を、しっかりと王女に教えこんだ。

スパーホークが地位をなげうたないことが明らかになると、妹とアニアス司教にそそのかされたアルドレアスは、スパーホークをレンドー国へ追放してしまった。

アルドレアス王の死去により、娘のエラナが女王として玉座に就いた。この知らせを聞いてシミュラに戻ったスパーホークを待っていたのは、女王が重病になり、スティリクム人の魔術師セフレーニアの呪文によって辛うじて生き長らえているという事態だった。その呪文も、エラナの命を一年ばかり保つことができるに過ぎない。

四騎士団の長は一堂に会し、教会騎士団は一致団結して女王の病の治療法を探求し、女王に健康と権力を取り戻して、アニアス司教が目的を達することがないようにしなくてはならないと決意した。アニアス司教の目的は、カレロスの大聖堂の総大司教の座である。こうした認識のもと、シリニック、アルシオン、ジェニディアンの各騎士団もそれぞれに勇士を選んでパンディオン騎士スパーホークに合流させ、スパーホークの幼馴染《おさなな じみ》である騎士カルテンも加えて、エラナ女王の病を治療する方法の探索が始まった。これはひとり女王のみを救うものではなく、女王の不在により大いなる不安が生じている王国を救うことにもなるはずである。

そしてまた女王の快癒《かいゆ》はエレニア王国のみならず、それ以外のエレネ人諸王国をも救うことになる。邪悪なるアニアス司教が総大司教の座に就くようなことがあれば、エレネ人の王国はいずこも大混乱に陥ることは必至だからである。われらが古来の敵、ゼモック国のオサが東の辺境を脅かし、領土を拡張し混沌をまき散らそうと狙っている。死を目前にした女王を救うのは、女王の擁護者と堅忍不抜の勇士たちの意気をさえ萎《な》えさせかねない難事である。ブラザーたちよ、ことの成就を祈ろう。探索が失敗に終われば、イオシア大陸全土にわたる戦乱が巻き起こり、今日われらの知るがごとき文明は壊滅するであろうゆえに。

——

第一部　ランデラ湖

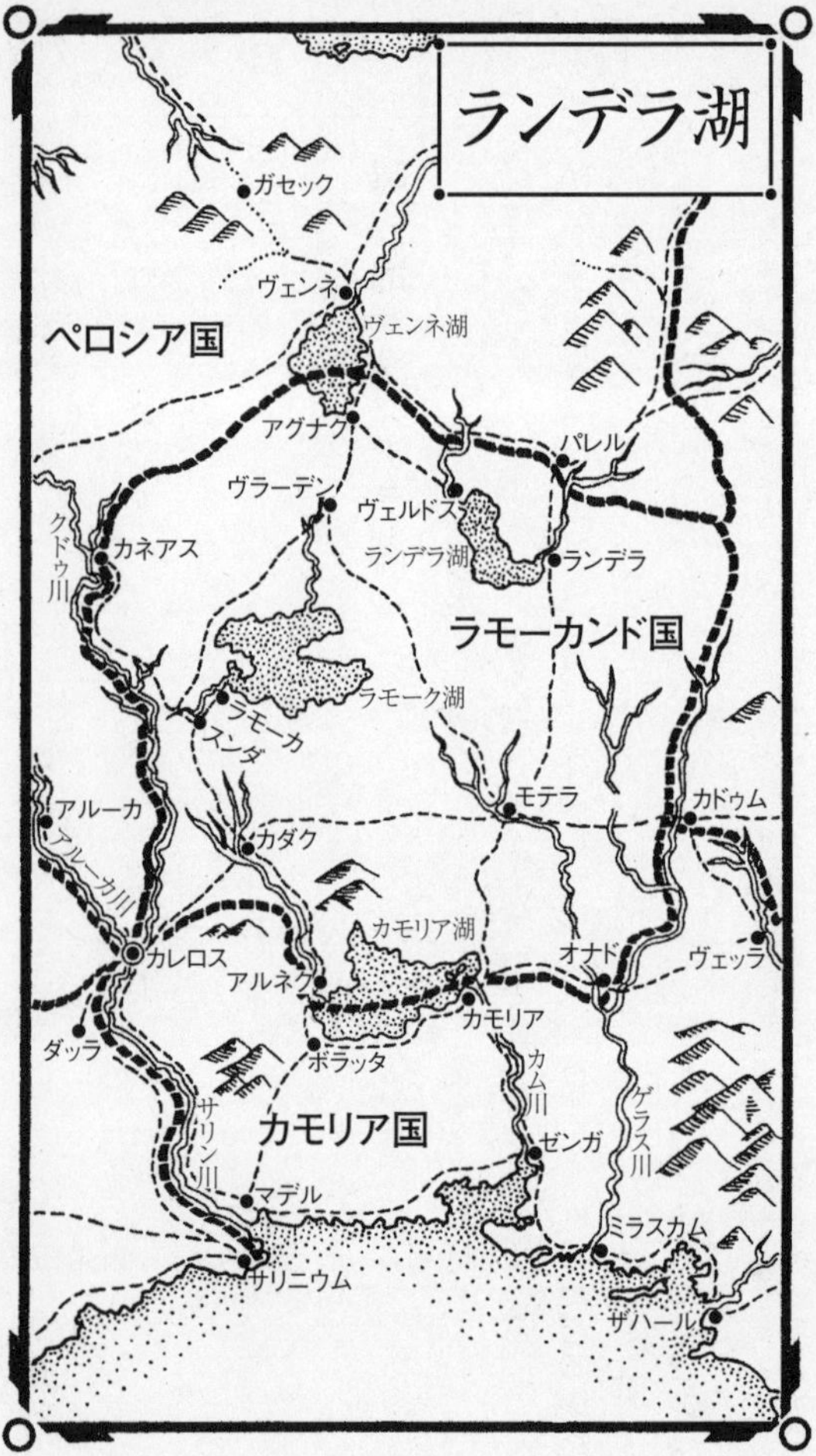
ランデラ湖
ガセック
ヴェンネ
ヴェンネ湖
ペロシア国
アグナグ
ヴラーデン
ヴェルドス
パレル
ランデラ湖
ランデラ
クドゥ川
カネアス
ラモーカンド国
ラモーク湖
ラモーカ
スンダ
モテラ
カドゥム
アルーカ
アルーカ川
カダク
カモリア湖
カレロス
アルネク
オナド
ヴェッラ
カモリア
ダッラ
ボラッタ
カム川
サリン川
カモリア国
ゼンガ
ゲラス川
マデル
ミラスカム
サリニウム
ザハール

1

深更《しんこう》をとうに過ぎ、シミュラ川から漂ってきた深い灰色の霧が、無数の煙突から吐き出された薪《たきぎ》の煙と入り混じって、ほとんど人気《ひとけ》の絶えた街路をぼんやりと包みこむころ、パンディオン騎士スパーホークは慎重に、できる限り影の中を選んで歩を進めていた。湿った路面は寒々と光り、街路を照らす松明《たいまつ》の光が揺れる虹色の暈《かさ》を広げている。こんな時刻に表《おもて》を歩こうなどという酔狂な者はまずいなかった。スパーホークのたどる街路の両側に立ち並ぶ家々が、まるで黒くわだかまる影の塊のようだ。スパーホークは目よりもむしろ耳に頼って道を進んでいった。こんな闇夜には、危険を察知するには音のほうがずっと重要なのだ。

外出するにはあまりいい時期ではなかった。昼のシミュラはほかの街と比べても格別に危険というわけではないのだが、夜になるとそこは弱肉強食のジャングルに変貌《へんぼう》してしまう。しかしスパーホークは弱くもなければ不注意でもなかった。平凡な旅のマントの下には鎖帷子《くさりかたびら》をつけ、腰には重い剣を吊《つ》っているのだ。そのほかにもう一つ、幅広の刃のついた短い槍を片手に握っている。しかもこの騎士は追いはぎなど足許にも寄れないまでに訓練で鍛え上げられ、その上に燃えるような怒りに身を焦がしていた。鼻の折れた騎士は冷酷な気分で、どこかの間抜けが襲ってこないかとなかば本気で期待していた。怒ったときのスパーホークは決して理性的なほうではなかったし、最近は怒る理由にも事欠かなかった。

しかしまた、緊急の使命があることも自覚はしていた。どうでもいい追いはぎと出会って、剣を振るって斬《き》り伏せれば多少の憂さは晴れるだろうが、それで責務が果たせるわけではない。青ざめて死の淵《ふち》にいる若き女王が、無言のうちに女王の擁護者の絶対的な忠誠を求めている。その期待を裏切ることはできなかった。意味もなく斬り合ってどこかのどぶの中で死んだのでは、守護を誓った女王の役には立てない。慎重にあたりに気を配って、雇われ暗殺者よりも静かに動いているのは、そういう理由からだった。

行く手にぼんやりした松明の明かりが見え、歩調をそろえて行進してくる足音が聞こえた。スパーホークは小さく悪態をつき、ひどいにおいのする路地にうずくまった。

やがて六つの人影が見えてきた。いずれも霧に濡れた赤い短衣《チュニック》を着て、長い槍を斜めに肩に担いでいる。指揮官らしい男の横柄な声が聞こえた。

「パンディオン騎士どもが隠れ家に使ってる、薔薇《ばら》街の例の場所だ。向こうも見張られてるくらいは承知の上だろうが、こうして巡回すれば牽制《けんせい》になるからな。そのぶん司教猊下《げいか》が動きやすくなるというわけだ」

「そんなことはわかってますよ、隊長。もう一年も前からやってるんです」がっしりした体格の下士官が言った。

「そうか」自惚《うぬぼ》れの強そうな若い隊長は、ちょっとがっかりしたような声になった。

「わたしはただ、全員にきちんと理解しておいてもらいたかっただけだ」

「はい、隊長」下士官が無感動に答える。

「ここで待ってろ。偵察してくる」隊長は若者っぽい声に少しでも威厳を込めようとしながら言って、霧に濡れた敷石に音高く踵《かかと》を打ちつけながら街路を歩いていった。

「間抜けが」下士官がつぶやく。

「もっと大人になれよ」灰色の髪をした古参兵がたしなめた。「給料を貰《もら》ってるからには、はいはいと言うことを聞いて、自分の意見は胸のうちにしまっとくことだ。おれたちは仕事をするだけ、意見を述べるのは偉いさんの役目だからな」

「おれは昨日、王宮へ行ってきたんだ」下士官が苦々しげに言った。「あの犬っころがアニアス司教に呼ばれたんで、そのお供ってわけだ。お供がいなくちゃ何にもできないんだからな、あの阿呆《あほう》は。信じられるか、あの私生児のリチアスにお世辞たらたらなんだぜ」

「だから隊長になれるんじゃないか。舐《な》めろと言われりゃ靴の裏でも舐めるくらいでなくちゃ、出世はできんさ。それに私生児と言ったって、向こうは摂政の宮だからな。それで靴の味がよくなるのかどうかは知らんが、今ごろは舌に舐めだこができてるんじゃないか」

下士官は爆笑した。

「まったくだ。しかしこれでもし女王がよくなって、今までのおべんちゃらが無駄だったと知ったら、どんな顔をするかな」

「女王がよくなるなんてことは考えないほうがいいぞ」別の兵士が言った。「もし女王が回復して国庫をふたたび手中におさめたら、アニアスはおれたちに翌月の給料も払えないぜ」

「いつだって教会の金箱を漁《あさ》れるじゃないか」

「あっちには金の動きを報告しなくちゃならないのさ。カレロスの聖議会は、教会の金の使い方にはひどく厳しいんだ」

「ようし、諸君」霧の中から若い隊長の声が聞こえた。「パンディオンどもの宿はすぐそこだ。見張りの兵士たちに交替の時間だと言っておいたからな。急いで行って、配置につくんだ」

「聞こえたろう。前進だ」下士官の声に、教会兵たちは霧の中を歩きはじめた。

スパーホークは闇の中で薄く笑みを浮かべた。敵が世間話をしているのを立ち聞きする機会は、そうあるものではない。シミュラの司教の兵士たちが、もしかすると金ずくではなく、忠誠心や信仰心といったもので動いているのではないかとずっと気になっていたのだ。路地から足を踏み出し、あわててまた路地に飛びこむ。街路を近づいてくる別の足音が聞こえたのだ。いつもは人の姿のない夜のシミュラだが、今夜はなぜか人通りが多いようだった。足音は大きくて、誰かにそっと忍び寄ろうとしているのではないらしかった。スパーホークは柄の短い槍を持ち替えた。そのとき霧の中から人影が現われた。黒っぽいスモックを着て、一方の肩に大きな籠《かご》を載せている。作業員か何かのようだが、はっきりしたことはわからない。スパーホークは音を立てないようにしてその男をやり過ごした。足音が聞こえなくなるまで待って、ふたたび街路に踏み出し、慎重に足を進める。柔らかなブーツは敷石に当たってもほとんど音を立てない。灰色のマントはしっかりと身体に巻きつけて、鎖帷子ががちゃがちゃいわないように気をつけた。

酒場の開いたドアから猥歌《わいか》とともに洩《も》れてくるランプのちらつく黄色い光を避けて、誰もいない街路を渡る。槍を左手に持ち替え、フードをさらに引き降ろして顔を隠し、霧の流れる光の中を通り過ぎる。

スパーホークは足を止め、霧に閉ざされた前方の街路を目と耳で慎重に探った。だいたい東門の方角に向かってはいるが、あまりその点にこだわる気はなかった。まっすぐ目的地に向かう人物の通る道は予測しやすく、従って待ち伏せしやすい。たとえ一晩かかろうとも、今はアニアスの手先に気づかれることなく街を離れるのが何よりも重要だった。通りに誰もいないことを確認すると、騎士はふたたび影のいちばん深い部分を選んで歩きつづけた。やがて霧にかすんだ松明のオレンジ色の光の中、角の壁にもたれている物乞いの姿が見えてきた。両目の上に布を巻き、腕と足には見栄えのする腫《は》れ物をいくつも作っている。こんな時間にいい稼ぎが期待できるはずはないから、何か別の目的でそこにいるのだろう。と、スパーホークの立っているところからさほど遠くない路上に、屋根の上から葺《ふ》き板が落ちてきた。

「お恵みを」スパーホークはほとんど足音を立てなかったのに、物乞いが声をかけてきた。

「こんばんは」大柄な騎士はそう言いながら道を渡り、硬貨を何枚か鉢の中に落としてやった。

「おありがとうございます、閣下。神様のお恵みがありますように」

「わたしの姿は見えないことになってるはずだろう。わたしが騎士なのか平民なのか、きみにはわからないはずだぞ」

「もう遅いもんで、眠くてね。ついうっかりしちまうんですよ」

「いい加減だな」スパーホークは苦笑した。「仕事はもっとしっかりやるもんだ。そうそう、プラタイムによろしく伝えといてくれ」プラタイムというのは、シミュラの下層の半分を鉄の拳《こぶし》で支配している太った男のことだ。

物乞いは目の上の布をどけてスパーホークを見つめ、見知った顔と知って目を丸くした。

「それから屋根の上にいるお友だちにも、興奮しすぎないようにとな。足を置く場所には気をつけろと伝えてやってくれ。蹴り落とした屋根板に頭を直撃されるところだった」

「新入りなんですよ」物乞いは鼻をすすり上げた。「まだまだ覚えることがいっぱいありましてね」

「そのようだな。ところで、ちょっと教えてくれないか。タレンに聞いたんだが、街の東の壁ぎわに飲み屋があって、そこの屋根裏部屋を亭主がときどき貸しに出すらしいんだが、どの飲み屋のことか知らないかね」

「それなら山羊小路の飲み屋のことでさ、サー・スパーホーク。葡萄《ぶどう》の房を描いたつもりらしい看板を出してますから、見落としっこねえです」男の目がすっと細くなった。「タレンはどうしてるんです。しばらく見かけねえようだが」

「何と言うか、父親が手許に置いているよ」

「タレンに親父なんてものがいたとは知りませんでしたね。縛り首にでもならねえ限り、タレンはこの道で大成すると思いますぜ。今でもシミュラで一番の泥棒なんだ」

「知ってるよ。わたしも何度かやられたことがある」スパーホークはさらに数枚の硬貨を物乞いの鉢の中に落とした。「今夜わたしに会ったことは、きみだけの胸に秘めておいてもらえると嬉しいんだがね」

「あんたには会いませんでしたよ、サー・スパーホーク」物乞いはにっと笑った。

「わたしもきみと、屋根の上のお友だちには会わなかった」

「じゃあ、誰にも秘密はあるってことで」

「まさに同感だね。事業の成功を祈る」

「あんたにも成功を祈ってますよ」

スパーホークは微笑して街路を進みつづけた。シミュラの裏世界に少しだけ関わったことが、またしても役に立ってくれた。確かな味方とは言いきれないものの、プラタイムとその手下の闇の世界の住人たちは、ある意味でとても有用だ。スパーホークは別の通りに移動した。屋根の上の不器用な泥棒が仕事の途中で何かに驚き、声を上げて大騒ぎをした場合に備えて、巡回の兵士たちが駆けつけてくるのとは別の通りを選んだのだった。

独りになるといつもそうなのだが、スパーホークはやはり女王のことを考えはじめていた。エラナのことは少女時代から知っているが、レンドー国に追放されていたこの十年は一度も会っていなかった。ダイアモンドのように硬いクリスタルに玉座ごと封じこめられた女王の姿を思い浮かべると、胸が痛んだ。先刻、アニアス司教を殺す機会がありながら思いとどまったことが、今となっては悔やまれる。毒など使う人間はどのみち見下げ果てた相手だが、スパーホークの女王に毒を盛るという行為は、本人の生命をも大きな危険にさらすことを意味していた。スパーホークは借りをいつまでも返さずに済ますような男ではないからだ。

そのとき背後の霧の中にひそかな足音が聞こえ、騎士は奥まった戸口に身を寄せて、音を立てないように立ちつくした。

目立たない服装をした二人の男が現われた。一人がもう一人に小さな声でささやく。

「まだ姿が見えてるか」

「だめだ。この霧、だんだんひどくなりやがる。でもすぐ前方にいるのは確かだ」

「間違いなくパンディオン騎士なのか」

「おまえもおれくらい経験を積めば見分けられるようになる。歩き方と、肩の構え方に特徴があるんだ。確かにパンディオンだよ」

「こんな夜中に、街中で何をしてるんだろう」

「それを探りにきてるんだろうが。司教様は連中の動きを逐一知りたがってるからな」

「霧の夜にパンディオン騎士の背後から忍び寄るなんて、ぞっとしない話さ。やつらは魔法を使うんだ、尾《つ》けられてるのにもすぐに気がつくんじゃないのか。剣でずぶっとやられるなんて、ごめんだよ。顔は見たのか」

「いや。フードをかぶってたんで、顔は見えなかった」

自分たちの命が風前の灯火《ともしび》だったことに、二人はどちらも気づかなかった。もしどちらかが騎士の顔を見ていたら、二人はその場で死んでいただろう。スパーホークはそういう点できわめて現実的だ。やがて二人の足音が聞こえなくなると、騎士は四つ角まで行って脇道に入った。

飲み屋には主人のほかに誰もいなかった。主人は両足をテーブルに乗せ、両手を腹の上で組んで眠りこけていた。無精髭の伸びた小太りの男で、汚いスモックを着ている。

「こんばんは、ご亭主」戸口をくぐったスパーホークが静かに声をかけた。

亭主は片目を開いた。「もう朝みたいなもんだがね」とうめくように答える。

スパーホークはあたりを見まわした。典型的な労働者向けの安酒場で、梁《はり》がむき出しの煤《すす》けた低い天井があり、奥には実用一点張りのカウンターがある。椅子やテーブルは傷だらけで、床に撒《ま》いてあるおが屑《くず》は何カ月も換えていないようだった。

「今夜は客が少ないようだな」やはり抑えた声で騎士が言った。

「こんな時間はいつだってそうさ。何にするね」

「アーシウムの赤「アーシウムの赤——もしあれば」

「アーシウムは腰まで赤葡萄につかってるんだ。アーシウムの赤が切れるなんてことはないさ」が切れるなんてことはないさ」亭主は小さなため息をついて起き上がり、グラスに赤ワインを注いだ。グラスはあまりきれいとは言えない。「ずいぶん遅いんだな」亭主はそう言って、大柄な騎士にべたつくグラスを手渡した。

「仕事だ」スパーホークは肩をすくめた。「友だちに聞いたんだが、ここには屋根裏部屋があるそうだな」

亭主の目つきが鋭くなった。

「あんたはどうしても屋根裏部屋が入り用だって人物には見えないね。その友だちってのは、何て名前だ」

「あんまり名前をおおっぴらにされたくないそうでね」スパーホークはワインに口をつけた。ひどい代物だった。

「なあ、おれはあんたを知らんし、あんたにはどうも役人くさいところがある。そのワインを飲んだら帰ってくれんか。それともおれの知ってる名前を出すか、どっちかにしてくれ」

「その友だちはプラタイムって名前の男の下で働いてる。この名前なら聞いたことがあるだろう」

亭主の目がわずかに大きくなった。

「プラタイムはずいぶん手を広げてるようだな。それにしたって、騎士と関わりがあるなんて話は聞いたことがない。騎士から何かを盗んだって話を別にすればな」

スパーホークは肩をすくめた。「わたしにちょっと借りがあったんだ」

亭主はまだ半信半疑のようだった。「プラタイムの名前なら誰だって知ってる」

「いいかね」スパーホークはグラスを置き、感情のこもらない声で言った。「わたしはそろそろ退屈してきた。屋根裏部屋へ上がるか、外へ行って警邏《けいら》隊を探すかのどちらかだ。きみのちょっとした商売に、警邏隊はとても興味を示すと思うがね」

亭主は顔をしかめた。「銀貨半クラウンだ」

「いいとも」

「値切らないのか」

「いささか急いでいる。値段の交渉は次回からということにしよう」

「よほど急いで街から出たいらしいな。その槍で、今夜誰かを殺してきたなんてことじゃなかろうな」

「まだ殺してはいないがね」スパーホークが不気味な口調で答える。

亭主はごくりと唾《つば》を呑《の》んだ。「金を見せてもらおう」

「もちろんだ。それから上へ行って、屋根裏部屋を見せてもらおう」

「気をつけてくれよ。この霧じゃあ、見張りが胸墻《パラペット》を近づいてきても見えないからな」

「その辺の面倒は自分で見る」

「殺しはなしだぞ。この副業はばかにならない稼ぎがあるんだ。見張りが殺されたりしたら、手を引かなくちゃならなくなる」

「心配はいらんよ。今夜は誰も殺さなくて済むはずだ」

屋根裏部屋は埃《ほこり》っぽくて、見たところ使われていないようだ。亭主は慎重に破風《はふ》屋根の窓を開け、霧の中を見透かした。その背後でスパーホークはスティリクム語をつぶやき、呪文を解き放った。外から人の気配が漂ってきた。

「気をつけろ」と小さくささやきかける。「見張りが近づいてきてる」

「何も見えんぞ」

「音がしたんだ」呪文のことを説明しても始まらない。

「耳がいいんだな」

二人は闇の中で、眠たげな見張りがぶらぶらとやってきて、また霧の中へと消えていくのを見送った。

「こいつを手伝ってくれ」重い材木を窓枠に押し上げながら亭主が言った。「これを胸墻《パラペット》に押し出して、その上を渡るんだ。向こうに着いたらこのロープの端を投げてやる。ロープはここに固定してあるから、そいつを伝って壁の外に降りればいい」

「わかった」スパーホークと亭主は、街を囲む壁とのあいだの空間に材木を渡した。

「恩に着る」騎士はそう言うと材木にまたがり、じりじりと壁に向かって前進した。立ち上がり、霧の中から飛んできたロープの束を受け取る。ロープを闇の中に投げおろして壁を伝い降り、しばらくすると騎士は地上に立っていた。ロープが霧の中に引き上げられ、やがて材木を屋根裏部屋に引き戻す音が聞こえてきた。「うまく考えたもんだな」街の壁から慎重に距離を取って、「場所を覚えておかなくては」

霧のせいで方角はわかりにくかったが、そびえ立つ影のような街の壁を常に左手に見ながら歩くことで、だいたいの見当はつけることができた。夜は静かで、踏みつけた枯れ枝の折れる音がひどく大きく聞こえた。

スパーホークはふと足を止めた。鋭い勘が、見張られていると告げている。鞘《さや》鳴りの音を抑えるためにゆっくりと剣を引き抜き、片手に剣、片手に槍を握って、騎士は立ったまま霧の中を透かし見た。

それはそこにいた。闇の中にかすかな光が見える。あまりに弱い光なので、気がつく人間はほとんどいないだろう。その光が近づいてくる。わずかに緑色を帯びているようだ。スパーホークは身動きもせずにじっと待ち受けた。

闇の中に人影があった。ぼんやりしているものの、人影であることは間違いない。フードつきの黒いローブを身にまとっている。かすかな光の源《みなもと》はフードの奥にあるようだった。人影はとても背が高く、あり得ないほど痩《や》せている。まるで骸骨《がいこつ》のようだ。なぜかスパーホークの背筋を冷たいものが走った。騎士はスティリクム語をつぶやき、剣の柄《つか》と槍の柄《え》をつかんだまま指を動かした。槍を上げ、穂先から呪文を解き放つ。どちらかというと単純な呪文で、霧の中の痩せた人影の正体を知るためのものだ。しかし返ってきたのは邪悪さが凝《こ》って固まったような大波で、スパーホークは思わず声を上げそうになった。何者であるにせよ、人間でないことだけは確かだ。

ややあって、金属的な虚《うつ》ろな笑い声が小さく夜の中に響いた。影は踵《きびす》を返し、行ってしまった。まるで膝が反対に曲がっているような、ぎくしゃくした歩き方だ。スパーホークは邪悪な感覚がすっかり消えるまでその場に立ちつくしていた。何であったにせよ、それは行ってしまった。

「マーテルのこけおどしの一つだったのか」スパーホークは小さくつぶやいた。マーテルとはパンディオン騎士団から追放された裏切り者の名だ。かつては友人だった時期もあるが、現在はそうではない。今、マーテルはアニアス司教のために働いており、女王を殺す寸前までいった毒薬もマーテルが調達したものだった。

スパーホークは静かに、ゆっくりと歩きだした。剣と槍を左右の手に構えている。やがて閉まっている東門の前の松明が見えてきて、方角がはっきりした。と、背後でかすかに鼻を鳴らすような音がした。犬が臭跡を追うときに立てるような音だ。スパークホークは武器を構えて振り返った。またしても金属的な笑い声が聞こえた。いや、笑い声というよりも、昆虫が羽根をこすり合わせてすだく音といったほうが近いかもしれない。ふたたびあの圧倒的な邪悪さが押し寄せてきて、またそのまま消えていった。

スパークホークは門の左右のぼんやりした松明の明かりを避けるように、街を囲む壁から少しそれた。四半時間ほどすると、四角くそびえ立つパンディオン騎士館が前方に見えてきた。

霧に濡れた芝草の上にうずくまり、探索の呪文を解き放ってしばらく待つ。

何もいない。

立ち上がり、剣を鞘に収め、騎士館に近づく。城のような騎士館はいつものとおり見張られていた。作業員姿の教会兵たちが正門から遠くないあたりに陣取って、正体を隠すために敷き詰めるふりをしている敷石が、天幕のまわりに積み上げられていた。スパークホークは騎士館の裏手に回り、建物を囲む、鋭い杭《くい》の突き立った空堀《からぼり》の中へと慎重に歩を進めた。

騎士館を出るときに使ったロープの端は、まだちゃんと藪《やぶ》の中に隠されていた。何度か引っ張って鉤《かぎ》がしっかり引っかかっていることを確認すると、槍を剣帯の下にたばさみ、スパークホークはロープを握って身体を引き上げた。

上方から鉤の先端が狭間《はざま》胸壁の石をこする音ががりがりと聞こえた。騎士は左右の手で交互に身体を引き上げつづけた。

「何者だ」頭上の霧の中から鋭い声が飛んだ。若々しい、よく知っている声だ。スパーホークは小さく悪態をついた。ロープが引き上げられるのを感じる。

「手を出すな、ベリット」登る手は休めずに、騎士はうめくように声をかけた。

「サー・スパーホーク？」見習い騎士の驚いた声が聞こえた。

「ロープを引っ張るな。掘割の杭はおそろしく鋭いんだ」

「手を貸します」

「大丈夫だ。鉤さえはずさないでおいてくれればいい」低い声で答えて、さらに身体を引き上げ、胸壁の向こうに転がりこむ。ベリットも騎士の腕をつかんで引っ張った。スパーホークは汗まみれになっていた。鎖帷子を着てロープを登るのは、非常に激しい運動なのだ。

ベリットは前途洋々の見習い騎士だった。背の高い痩せ型の若者で、上半身だけの鎖帷子に、実用的な平服を着ている。片手には厚い刃のついた戦斧《バトルアックス》を握っていた。礼儀正しい若者なので何も質問はしなかったが、好奇心いっぱいの表情を見せている。スパーホークは騎士館の中庭を見下ろした。揺らめく松明の明かりの中に、クリクとカルテンの姿が見える。どちらも武装して、厩《うまや》から聞こえてくる音から判断すると、誰かが二人の馬に鞍をつけているようだ。

「出るんじゃない」スパーホークは二人に呼びかけた。

「何だおまえ、そんなとこで何をしてる」カルテンが驚いたように答える。

「内職に泥棒をしようと思ってな」と茶化して、「そこにいろ。すぐ下りていくから。いっしょに来い、ベリット」

「見張りをすることになっているんです、サー・スパーホーク」

「代わりに誰か行かせる。こっちのほうが重要だ」スパーホークは胸壁の上を歩いて、中庭に通じる急な石の階段に向かった。

「どこにいたんです、スパーホーク」二人が下りていくと、クリクが怒った声で尋ねた。

スパーホークの従士はいつもの黒い革のベストを着て、中庭を照らす松明のオレンジ色の光に、隆々とした腕や肩の筋肉を輝かせていた。夜中にしゃべると誰もがするように、少し小声になっている。

「大寺院へ行く必要があってな」スパーホークも小声で答えた。

「宗教的体験てやつをしてきたか」カルテンが面白がるような声で言った。この大柄な金髪の騎士はスパーホークの幼馴染で、鎖帷子を着こみ、重い大剣《ブロードソード》を腰から剣帯で吊っていた。

「そういうわけでもない。タニスが死んだ。真夜中ごろ、亡霊がやってきたんだ」

「タニスが?」カルテンの声には衝撃が感じられた。

「セフレーニアがエラナをクリスタルの中に封じこめたとき、その場にいた十二人の騎士の一人だったんだ。タニスの幽霊は、剣をセフレーニアに渡しにいく前に、大寺院の地下の納骨堂へ行けとおれに言いにきたんだ」

「それで行ったのか。真夜中に」

「緊急事態だったからな」

「何をしてきたんだ。墓荒らしか。その槍は墓から持ってきたのか」

「そうじゃない。アルドレアス王がくれたんだ」

「アルドレアスが!」

「まあ、王の亡霊だがな。なくなった指輪が軸受けの中に隠してある」スパーホークは不思議そうに二人の友人を見つめた。「どこへ行こうとしてたんだ」

「あなたを探しにですよ」クリクが肩をすくめる。

「どうしておれが騎士館を出たとわかった」

「何度か見にいきましたからね。いつもやってること、知ってるものと思ってました」

「毎晩?」

「少なくとも三度は、毎晩見にいってます。子供時代からずっとね。レンドー国にいたあいだだけは別ですが。今夜最初に見にいったときは寝言を言ってました。二度目は真夜中少し過ぎで、あなたはいなくなっていた。探しても見つからないので、カルテンを起こしたんです」

「ほかの者も起こしたほうがよさそうだ」スパーホークが言った。「アルドレアスからいくつか聞いてきたことがある。そのことでみんなと話し合いたい」

「悪い知らせか」とカルテン。

「何とも言えんな。ベリット、厩にいる見習いを代わりに胸壁の見張りにつかせろ。少し時間がかかりそうだ」

一同は南塔にある、茶色の絨毯《じゅうたん》を敷いたヴァニオン騎士団長の書斎に集まった。スパーホーク、ベリット、カルテン、クリクのほかに、シリニック騎士団のサー・ベヴィエ、アルシオン騎士団のサー・ティニアン、それに巨漢のジェニディアン騎士サー・アラスも同席していた。三人はそれぞれの騎士団を代表する勇士たちで、四騎士団の騎士団長が一堂に会したおり、エラナ女王の健康の回復が共通の関心事であると衆議一決して、スパーホークとカルテンに合流したのだった。パンディオン騎士にスティリクムの秘儀を教える小柄な黒髪のスティリクム人女性、セフレーニアも、フルートと呼ばれる少女をそばに置いて火のそばに腰をおろしている。少年のタレンは窓のそばに立って、拳で目をこすっていた。ぐっすり眠るたちなので、夜中に起こされるのは好きではないのだ。パンディオン騎士団長のヴァニオンは、書き物机として使っているテーブルの前に座っていた。この書斎は居心地のいい部屋で、暗い天井には低い梁が見え、大きな暖炉はスパーホークの記憶にある限り、火の絶えたためしがなかった。いつものようにセフレーニアのお茶のやかんが炉棚で湯気を上げている。

ヴァニオンは調子が悪そうだった。真夜中に叩き起こされたパンディオン騎士団長は、悩みやつれた顔をしていた。外見よりも歳を取っているはずのこの騎士は、柄《がら》にもなく手織りの簡素なスティリクムのローブを着ていた。スパーホークはヴァニオンが徐々に変わっていくさまを何年も見つづけてきた。教会の申し子ともいうべき騎士団長でありながら、不意を衝《つ》かれたときのヴァニオンは時としてなかばスティリクム人のように見えることがある。エレネ人であり聖騎士でもあるスパーホークには、そのような所見を教会当局に通報すべき義務があった。とはいえ、そんなことをしようと思ったことはない。教会への忠誠とは、神の言葉に従うということだ。ヴァニオンへの忠誠心はもっと深い、個人的なものだった。

騎士団長は顔色が悪く、その両手は細かく震えていた。セフレーニアを説得して、亡くなった三人の騎士の剣という重荷を引き受けたことで、思った以上に消耗しているのだ。玉座の間でセフレーニアが使った呪文は女王の命を長らえさせているが、これは十二人のパンディオン騎士の一致した努力で支えられている。騎士たちは一人また一人と斃《たお》れ、その亡霊は剣をセフレーニアに託していく。最後の騎士が斃れれば、教母もまた死者の家へと赴くことになるはずだった。その夜まだ早いころ、ヴァニオンはセフレーニアを説得して、重荷を肩代わりすることにした。そこにかかっているのは剣の重さだけではなく、スパーホークには想像もつかないような、何か別の重みがあるようだった。ヴァニオンは断固としてその重荷を引き受けた。曖昧《あいまい》な理由をいくつか口にしてはいたが、騎士団長の本心はできる限りセフレーニアの役に立ちたいということなのではないかとスパーホークは思っていた。厳格に禁じられていることではあったが、スパーホークはヴァニオンが、幾世代ものパンディオン騎士にスティリクムの秘儀を教えてきたこの優美な小柄な女性を、愛しているのだろうと感じていた。むろんパンディオン騎士は誰もが教母を愛し敬っているが、ヴァニオンの場合、その愛と敬意が一線を踏み越えてしまっているようにスパーホークには思えた。そしてまたセフレーニアのほうも、騎士団長に対して師弟愛という枠を超《こ》えた愛情を感じているように思われた。これもまた聖騎士としてはカレロスの聖議会に報告すべき事柄だったが、やはりスパーホークはそうしていなかった。

「こんな時間に何事だね」ヴァニオンが弱々しく尋ねた。

「あなたからお話しになりませんか」スパーホークはセフレーニアに言った。

白いローブ姿の教母はため息をつき、布を巻いた細長い品物をほどいて、儀式用のパンディオンの剣をあらわにした。

「サー・タニスが死者の家へ行ってしまいました」悲しげにヴァニオンに告げる。

「タニスが？」ヴァニオンは打ちひしがれた声を上げた。「いつのことです」

「つい最前です」

「それでわれわれを集めたのかね」ヴァニオンはスパーホークに尋ねた。

「それだけではありません。剣をセフレーニアに託す前に、タニスは――タニスの亡霊は――わたしのところへやってきました。王家の墓所にいる誰かが会いたがっていると言うのです。大寺院へ行ってみると、アルドレアス王の亡霊が待っていました。いろいろと話をしたあとで、王はこれをくれたのです」スパーホークは槍の柄をねじって穂先をはずし、隠し場所からルビーの指輪を振り出した。

「そんなところに隠していたのか」とヴァニオン。「どうやら思っていたよりも機転が利《き》いたようだな。いろいろ話をしたと言ったが、どんな話だね」

「毒を盛られたと言っていました。たぶんエラナが盛られたのと同じ毒です」

「犯人はアニアスか」カルテンがぼそりと尋ねる。

スパーホークはかぶりを振った。「いや、アリッサ王女だ」

「実の妹が？」ベヴィエが驚きの声を上げた。「何と恐ろしい！」アーシウム人のベヴィエは道徳というものを信じているのだ。

「そう、アリッサは恐ろしい女なんだ」カルテンはうなずいた。「目の上の瘤《こぶ》を放っておけるような性格じゃない。でもどうやってデモスの女子僧院を抜け出して、アルドレアスに毒を盛れたんだ」

「アニアスの手引きだ」スパーホークが答えた。「いつものやり方でアルドレアスを楽しませたあと、消耗した王に毒入りのワインを飲ませたんだ」

「よくわからないのですが」とベヴィエ。

「アリッサとアルドレアスの関係は、兄と妹という関係をいささか逸脱していたのだ」ヴァニオンが遠まわしに説明する。

意味がわかってくるとベヴィエの目が丸くなり、オリーブ色の顔から血の気が引いた。

「どうして王を殺したのかな」とカルテン。「僧院に閉じこめられた仕返しか」

「そうではないと思う。たぶんアリッサとアニアスが企んでいる陰謀の一部だったんだ。まずアルドレアスを毒殺し、次にエラナにも毒を盛る」

「アリッサの私生児に玉座への道を開くためか」

「そう考えれば筋が通るだろう。リチアスの父親がアニアスだとわかれば、なおのこと納得がいく」

「教会の司教が？」ティニアンもさすがに驚いたようだ。「エレニア人てのは、ほかの国の人間とは違った規則で生きてるのかね」

「いや、そうではない」ヴァニオンが答えた。「アニアスは、自分にだけは規則が適用されないと思っているのだろう。アリッサのほうは規則を破るのが生き甲斐のような女性だ」

「アリッサは昔から見境のない女なのさ」とカルテン。「噂じゃあ、シミュラじゅうの男とごく親しい関係にあったっていうぜ」

「それはいささか誇張が過ぎるようだな」ヴァニオンは立ち上がり、窓のそばへ歩いていった。「この件はドルマント大司教にお伝えしておこう」霧に沈んだ闇の奥に視線を向け、「新しい総大司教を選ぶことになれば、何かこの話の使い道を考えついてくださるだろう」

「レンダ伯にもお伝えしておくべきでしょうね」セフレーニアが提案する。「王国評議会はすっかり腐敗していますが、それでもアニアスがわが子を玉座に座らせようとしていると知れば、尻込《しりご》みする者も出てくるかもしれません」スパーホークに視線を転じ、「アルドレアスは、ほかには何を話したのですか」

「もう一つだけ。エラナを癒すには魔法の品が必要なわけですが、アルドレアスはそれが何だか教えてくれました。ベーリオンです。エラナを治せるだけの力がある品は、世界じゅうにベーリオンしかありません」

セフレーニアは蒼白になった。「だめです！　ベーリオンだけは！」

「アルドレアスが言ったんですよ」

「問題だな」アラスが口をはさんだ。「ベーリオンはゼモック戦争以来行方不明だ。運よく見つかっても、指輪がなければ力を引き出せない」

「指輪？」とカルテン。

「ベーリオンは矮軀《わいく》のトロールのグエリグが作った。そして一対の指輪でその力を封印した。指輪がなければ、ベーリオンは役に立たない」

「指輪ならあります」セフレーニアは顔をしかめたままだった。

「本当に？」スパーホークが驚いて問い返す。

「一つはあなたがはめています。もう一つは、今夜アルドレアスから受け取りましたね」

スパーホークは左手にはめたルビーの指輪をまじまじと見つめ、ふたたび教母に顔を向けた。

「どうしてそんなことが。わたしの先祖とアンター王は、どこでそんな指輪を手に入れたんです」

「わたしが二人に渡したのです」とセフレーニア。

スパーホークは目をしばたたいた。

「だって、三百年も前の話ですよ」

「そのくらいになりますね」

スパーホークは教母の顔を見つめ、ごくりと唾を呑みこんだ。

「三百年前ですよ」信じられないという顔で、「セフレーニア、あなたはいったいいくつなんです」

「その問いに答えないことは知っているでしょう。前にも言いましたよ」

「あなたはどうやって指輪を手に入れたんです」

「アフラエル女神からいただきました――いくつかの指示とともに。あなたの祖先とアンター王の居場所を教えられ、二人に指輪を渡すように言われたのです」

「小さき母上――」スパーホークは言いかけて教母の厳しい表情に気づき、言葉を呑みこんだ。

「静かに、あなた《ディア・ワン》。一度しか言いませんから、みなさんよく聞いてください。このままでは古き神々と対立することになります。それは軽々にできることではありません。エレネ人の神は許しの神です。スティリクムの若き神々も、心をやわらげることはあります。しかし古き神々は、自身の気紛《きまぐ》れに絶対的に服従することを求めます。古き神々に支配されるのは、死よりも恐ろしいことです。古き神々は反抗する者を抹消します――想像もできないほど恐ろしい方法で。本当にベーリオンを、ふたたび日の光の下に持ち出したいのですか」

「セフレーニア、やるしかないんですよ！」スパーホークが叫んだ。「ほかにエラナを救う道はないんです。それにあなたとヴァニオンも」

「アニアスは永遠に生きているわけではありませんよ、スパーホーク。リチアスなどちょっと目障《めざわ》りというだけのことです。ヴァニオンもわたしも、いずれは儚《はかな》くなる身です。あなたの個人的な想いはともかくとして、それはエラナも同じことです。世界がわたしたちの死をそれほど悲しむとも思えません」セフレーニアの口調はまったく冷静だった。「でも、ベーリオンとなると話が違います。それにアザシュも。もしわたしたちが失敗して、あの宝石が邪悪な神の手に渡ったなら、世界は永遠に呪われることになります。それほどの危険に見合うほどのことでしょうか」

「わたしは女王の擁護者ですからね。エラナの命を救うためなら、できることをすべてやってみる義務があります」スパーホークは立ち上がり、部屋を横切ってセフレーニアのそばへ行った。「神よ助けたまえ。エラナを救うためなら、地獄の口を開くことでも厭《いと》いはしませんよ」

セフレーニアはため息をついた。

「この人はときどき子供っぽい面を見せますね」とヴァニオンに向かって、「何とかもう少し大人になってもらう手だてはないものでしょうか」

「実はスパーホークに賛成しようかと思っていたんですよ」騎士団長は笑顔で答えた。「地獄の扉を蹴破るあいだ、わたしにマントくらいは持たせてくれるでしょうからね。

このごろは地獄を襲撃する者もめっきりいなくなりました」

「あなたもですか」教母は両手で顔を覆った。「わかりました、みなさん、いいでしょう。そこまで言うのならやってみましょう。ただ、一つだけ条件があります。もしベーリオンが見つかって、エラナを癒すことができたなら、すぐにその場でベーリオンを破壊すると約束してください」

「破壊する?」アラスが大声を上げた。「セフレーニア、あれは世界一貴重な宝だ」

「そして世界一危険なものでもあります。もしアザシュの手にでも落ちれば、世界は失われ、人々はすべてもっとも悲惨な奴隷状態に投げこまれるでしょう。これだけは譲れません。約束してくれないのであれば、わたしは全力を尽くしてあの呪われた宝石が発見されるのを妨げるつもりです」

「選択の余地はない」アラスが全員に声をかけた。「セフレーニアの助けがなければ、ベーリオンを見つけ出す望みはない」

「いや、いずれ誰かが見つけ出すさ」スパーホークが固い調子で答えた。「アルドレアスはこうも言っていた。今やベーリオンが日の目を見る時期が訪れ、どんな力もベーリオンが地上に現われるのを阻止することはできないだろうとね。今の唯一の心配事は、おれたちが先に見つけるか、それともゼモック人に先を越されて、オサのもとへ運ばれてしまうかという点だ」

「自力で土の中から姿を現わすかもしれんな」ティニアンがつぶやく。「そういう可能性はありますか、セフレーニア」

「たぶんあるでしょう」

「どうやって司教の手先に見つからずに騎士館を出たんだ」カルテンが好奇心をあらわにしてスパーホークに尋ねた。

「裏の壁からロープを投げて、伝い降りたんだ」

「門は閉まってる時間だろう。どうやって街に出入りした」

「まったくの幸運で、大寺院へ向かうときはまだ門が開いていた。出るときは別の方法を使った」

「前に話した屋根裏部屋かい」とタレン。

スパーホークはうなずいた。

「いくら取られた？」

「銀貨半クラウンだ」

タレンは愕然《がくぜん》となった。

「それでよくおいらのことを泥棒だなんて言えるもんだ。ぼられたんだよ、スパーホーク」

スパーホークは肩をすくめた。「街の外に出なくちゃならなかったんだ」

「プラタイムに話しとくよ。きっと金は返してくれる。半クラウンだって？　法外もいいとこだ」少年は唾を飛ばしてまくしたてた。

スパーホークはふと思い出して、セフレーニアに尋ねた。

「ここへ戻る途中、霧の中で何かに見張られていたんです。人間ではないようでしたが」

「ダモルクですか」

「よくわかりませんが、あれとは違う感じでした。アザシュが使うのはダモルクだけではないんでしょう」

「ええ、ダモルクは力は強いのですが、愚かなのです。もう一つの存在は力はない代わりに、知恵があります。いろいろな意味で、こちらのほうが危険かもしれません」

そこへヴァニオンが割って入った。

「それではセフレーニア、タニスの剣も渡していただきましょうか」

「そういうわけには――」教母は苦しそうな顔で抵抗を試みた。

「その議論はもう終わったはずです。また一からやり直しますか」

セフレーニアは嘆息し、二人は声を合わせてスティリクム語の呪文を詠唱した。セフレーニアが剣を渡し、二人の手が触れ合うと、ヴァニオンの顔色がさらに悪くなった。

剣の委譲が終わると、スパーホークはアラスに話しかけた。

「どこから手を着ければいい？　王冠がなくなったとき、サラク王はどこにいたんだ」

「誰も本当のところは知らない」アラスが答えた。「オサがラモーカンド国に侵攻すると、王はエムサットを出発した。数人の家臣を連れただけで、残る全軍にはランデラ湖畔の戦場で合流するよう命じていた」

「ランデラ湖畔で王を見かけた者はいるのか」カルテンが尋ねる。

「おれの知る限りでは、いない。ただ、サレシア軍は損耗が激しかった。王は先に戦場に着いていたのだが、生き残った中にその姿を見た者がいなかっただけとも考えられる」

「ではまずそこから始めるとするか」とスパーホーク。

「それはどうかな」アラスが反対した。「あの戦場は広い。教会騎士が全員で、一生かかってあちこちを掘り返しても、王冠が出てくるとは限らない」

「提案があるんだが」ティニアンが顎《あご》を掻《か》きながら言った。

「どんな提案ですか、わが友ティニアン」とベヴィエ。

「おれは死霊魔術の心得がある。好きで覚えたわけじゃないが、やり方はわかってる。サレシア兵の埋められてる場所がわかれば、誰かサラク王を戦場で見た者がいるか、王がどこに埋められているか、聞き出すことができるはずだ。疲れる仕事だが、それだけの値打ちはあるだろう」

「わたしもお手伝いくらいはできるでしょう」とセフレーニア。「死霊魔術は使いませんが、呪文は知っていますから」

クリクが立ち上がった。

「荷物をまとめておいたほうがいいですね。いっしょに来い、ベリット。おまえもだ、タレン」

「十人で行動するのがいいでしょう」セフレーニアが言った。

「十人？」

「タレンとフルートも連れていきます」

「そんな必要があるんですか？　賢明な手とも思えませんが」スパーホークが反対する。

「そんなことはありません。スティリクムの若き神々の助力を仰ぐことになるでしょうからね。若き神々は対称性を重んじます。探索を始めたときに十人いたのですから、つねに十人で行動すべきなのです。急に人数を変えると、神々が混乱します」

「お言葉に従いますよ」スパーホークは肩をすくめた。

ヴァニオンが立ち上がり、部屋の中を歩きまわりはじめた。

「すぐに取りかかったほうがいいだろう。日が昇って霧が晴れる前に騎士館を出たほうが安全だ。ここを見張っている連中の仕事を簡単にしてやることはない」

「賛成ですね」とカルテン。「ランデラ湖までアニアスの手下と追いかけっこをするのはごめんですから」

「わかった、そうしよう」スパーホークが言った。「われわれにはあまり時間がない」

「ちょっといいかな、スパーホーク」一行が出かける準備を始めると、ヴァニオンが声をかけた。

スパーホークはほかの者たちがいなくなるのを待って、ドアを閉めた。

「今夜レンダ伯から連絡があった」騎士団長が話しはじめた。

「レンダ伯は何と？」

「アニアスとリチアスは今のところ女王に手出しはしていないと、おまえに伝えてくれということだった。アーシウムでの計略の失敗に、アニアスはひどく取り乱しているそうだ。もう二度とばかにされるような目には遭《あ》いたくないと思っているらしい」

「まずはよかった」

「わたしにはどういう意味かよくわからんのだが、蠟燭《ろうそく》はまだ燃えていると伝言してくれと言われた。いったい何のことだ」

「いい方だ、レンダ伯は」スパーホークは温かな口ぶりで言った。「エラナが闇の中に取り残されないようにしてくれと頼んでおいたんです」

「エラナにはどうでもいいことのように思うが」

「わたしにとってはそうじゃありません」スパーホークは答えた。

2

四半時間後に一行が中庭に集まったとき、霧はますます深くなっていた。見習い騎士たちが厩《うまや》で忙しく馬に鞍をつけている。ヴァニオンが正面の扉から姿を現わした。スティリクムのローブが霧に煙る闇の中で輝いている。騎士団長は静かにスパーホークに声をかけた。

「騎士を二十騎つけよう。追跡されたときの守りになるはずだ」

「急がなくてはならないのですよ、ヴァニオン」スパーホークは難色を示した。「ほかの者を連れていくと、いちばん遅い馬のペースに合わせなくてはならなくなります」

「わかっている。ずっといっしょに行く必要はない。平野に出て日が昇るまでのことだ。背後から誰も追ってきていないことを確認したら、隊列を離れればいい。騎士たちはそのままデモスまで行く。もし追ってくる者がいても、おまえたちがもう隊列にいないことには気づかないだろう」

スパーホークは笑みを浮かべた。

「どうしてあなたが騎士団長になったのか、わかったような気がしますよ。隊列の指揮は誰が？」

「オルヴェンだ」

「いいですね。オルヴェンは頼りになる」

「神がともにあらんことを、スパーホーク」ヴァニオンは大柄な騎士の手を握った。

「気をつけてな」

「もちろんそのつもりです」

サー・オルヴェンは逞《たくま》しいパンディオン騎士で、顔には無数の赤い傷痕《きずあと》があった。騎士館から出てきたときには、黒いエナメル引きの甲冑を着こんでいた。背後には部下を従えている。「また会えて嬉しいよ、サー・スパーホーク」ヴァニオンが建物の中に戻ると、オルヴェンは外にいる教会兵の注意を引かないよう、小さな声で挨拶した。「じゃあ、そっちのお仲間を隊列で囲むようにして進むことにしよう。この霧だから、それで見張りの連中の目はごまかせるだろう。跳ね橋を下ろして、一気に駆け抜ける。あまり長いこと観察されたくはないからな」

「この二十年で聞いたきみの言葉を全部合わせても、今のより少なかったんじゃないかな」いつもは無口な友人に向かって、スパーホークは軽口を叩いた。

「わかってる。もう少し刈りこめないかどうか、あとで検討してみるさ」

スパーホークと仲間たちは鎖帷子《くさりかたびら》をつけて旅のマントを羽織っていた。甲冑《かっちゅう》姿は郊外では目立つのだ。甲冑は慎重に梱包《こんぽう》して、クリクの引く六頭の馬に積んであった。一行が馬に乗ると、武装した騎士たちがそれをぐるりと取り巻いた。オルヴェンが合図をすると、跳ね橋を開閉する巻上機の前にいた男が止め金をはずした。鎖ががらがらと繰り出され、大きな音とともに掘割の上に橋がかかる。オルヴェンは橋の先端が向こうの地面に着くか着かないかのうちに、もう馬を駆って飛び出していた。

濃い霧は大いに役立ってくれた。疾駆《ギャロップ》で橋を渡りきると同時にオルヴェンは鋭く左に曲がり、一隊をデモスへ向かう街道へと導いた。驚いた教会兵たちが天幕から駆け出して叫ぶ声が背後に聞こえた。

「見事なもんだ」カルテンが楽しそうに言った。「あっという間に跳ね橋を渡って、霧の中に紛《まぎ》れちまった」

「オルヴェンに任せておけば間違いはないさ」とスパーホーク。「それに教会兵が馬で追いかけてくるまでに、少なくとも一時間はかかる」

「一時間も先行してれば、追いつかれる心配はないな」カルテンは明るい笑い声を上げた。「何とも幸先《さいさき》がいいじゃないか、スパーホーク」

「今のうちに楽しんでおくんだな。幸運はいつまでも続くものじゃない」

「おまえ、自分が悲観論者だってこと、わかってるか」

「そうじゃない。ちょっとした失望に慣れっこになってるだけだ」

デモス街道に近づくと、馬は普通駆足《キャンター》に速度を落とした。経験の豊富なオルヴェンは、馬を無駄に駆り立てたりはしない。あとでまた速度を上げる必要が出てくるはずだ。サー・オルヴェンは無理をしてあとで機会を逃すような男ではなかった。

霧の彼方に満月がかかっているので、それなりの光は地上まで届いていた。月の光を受けた白い霧は目を惑わすので、姿を隠すにはもってこいだ。霧はじっとりと冷たくまとわりついてくる。スパーホークは馬を駆りながらマントをぎゅっと身体に巻きつけた。デモス街道はレンダの街まで北上し、そこで南に転じて、パンディオン騎士本館のあるデモスに続いている。スパーホークには街道脇のなだらかな土地と、彼方に広がる大きな森が目に見えるようだった。隊列と別れたあとは、そんな森が姿を隠す役に立ってくれるだろう。

一行は進みつづけた。霧の湿気で街道は泥道と化し、馬の蹄《ひづめ》がくぐもった音を立てている。

時として黒い影のような木立が霧の中から現われ、騎士たちの横を飛び過ぎていくことがあった。そのたびにタレンはぎょっとしたように身を避けた。

「どうかしたのか」クリクが尋ねる。

「こんなの嫌いだ」少年は答えた。「ぜんぜん気に入らない。道の脇に何が隠れてるか知れたもんじゃないんだぜ。狼とか、熊とか、もっと恐ろしいものだって」

「武装した騎士に囲まれてるっていうのに」

「そっちはそれでいいかもしれないけど、おいらはこの中でいちばん小さいんだ。まあフルートは別だけどさ。狼やなんかは、獲物を襲うときにいちばん小さいやつを狙うって言うじゃない。食われるのはいやだよ、父さん」

それを聞いてティニアンがスパーホークに声をかけた。

「そう言えば、どうしてあの子があんたの従士をああ呼ぶのか、まだ説明を聞いてなかったな」

「クリクは若いころに過ちを犯したのさ」

「エレニア人は自分のベッドで眠るってことがないのか」

「文化的な特性だな。実際にはそれほど一般的ってわけでもないんだが」

ティニアンは鞍の上で腰を浮かし、馬を並べたベヴィエとカルテンが会話に没頭しているのを確認した。

「一言だけ忠告なんだがな、スパーホーク」と声をひそめて、「あんたはエレニア人だから、そんな話を聞いても何とも思わないだろう。デイラ人もその手のことにはわりと寛大だ。でも、ベヴィエには同じ調子で話さないほうがいいぞ。シリニック騎士は信心深い――アーシウム人はみんなそうだがね。だからそういった倫理にもとる話には、大きな衝撃を受けるんだ。ベヴィエは戦いになれば頼りになる男だが、いささか視野の狭いところがある。あいつが反感を持ったりしたら、あとあと面倒なことになるかもしれない」

「同感だ。タレンと話をして、クリクとの関係は口にするなと言っておこう」

「言うとおりにしてくれるかね」丸顔のディラ人は疑わしげだった。

「言ってみるだけの価値はあるさ」

霧に沈んだ街道沿いにある農家の窓から、黄金色のランプの明かりがぼんやりと洩《も》れているのが見えた。まだ空はまっ暗なままだが、このあたりの人々にとってはすでに一日が始まっているのだ。

「どこまでいっしょに行くんだ」ティニアンが尋ねた。「デモス経由でランデラ湖まで行くのは、ものすごい遠回りだぞ」

「午前中には隊列を離れよう」スパーホークが答える。「追っ手がいないことを確認してからだ。それがヴァニオンの指示だからな」

「背後は誰かに見張らせてるのか」

スパーホークはうなずいた。「ベリットが半マイルばかりうしろにいる」

「司教の手下は、おれたちが騎士館を離れたのを見ていたかな」

「そんな時間はなかったと思う。向こうが天幕から出てきたときには、こっちはもう目の前を通り過ぎてたからな」

「街道を離れたら、どの道を行くつもりだ」

「原野を突っ切る。街道は見張られているだろう。こちらが何か企んでいることは、もうアニアスにはわかっていると考えるべきだ」

一行は霧深い夜の最後の部分を進んでいった。スパーホークの気持ちは沈みがちだった。大急ぎで立てた今回の計画に、大した勝算は期待できない。たとえティニアンがサレシア人の死者を召喚できたとしても、その霊魂がサラク王の最期の場所を知っているとは限らない。この旅はまったくの無駄足で、ただエラナの残された時間を浪費するだけに終わるかもしれない。そのときふと閃《ひらめ》くものがあって、スパーホークは速度を上げ、セフレーニアに近づいた。

「ちょっと思いついたことがあるんですが」

「どうしました」

「エラナをクリスタルに封じこめた呪文は、よく知られているのですか」

「非常に危険な呪文なので、あまり使われることはありません。何人か呪文を知っているスティリクム人はいるでしょうが、あえて使おうとする者はいないでしょう。なぜそんなことを?」

「何か浮かんできそうなんですよ。あなた以外に呪文を使おうという者がいないということは、時間が限られていることを知る者もいないと考えていいわけですか」

「そうです。いないでしょう」

「つまり、そのことをアニアスに伝える者もいない」

「当然です」

「つまりアニアスは、われわれにあまり時間が残されていないということを知らないわけです。やつにわかるのは、クリスタルの中でエラナがずっと生きつづけるということだけだ」

「それで何かこちらの有利になることがあるのですか」

「わたしにもよくわかりません。でもこのことは心に留めておくべきです。いずれ役に立つことがあるかもしれない」

東の空が徐々に明るくなってきて、同時に霧が渦巻き、薄れはじめた。日の出から半時間ほどして、ベリットが疾駆《ギャロップ》で追いついてきた。鎖帷子の上から目立たない青いマントを羽織り、戦斧《バトルアックス》は鞍の脇に吊るしている。あの若い見習い騎士には、近いうちに剣の使い方を教えてやらなくてはならないだろう。スパーホークはそう思った。このままでは斧に慣れすぎてしまう。

「サー・スパーホーク」ベリットが手綱を引いて声をかけた。「教会兵の一団が追いかけてきます」ベリットの馬は冷たい霧の中で身体から湯気を上げていた。

「人数は」とスパーホーク。

「五十騎ほどです。馬をめちゃくちゃに駆り立ててます。霧がちょっと晴れたときに姿が見えました」

「距離はどのくらいだ」

「一マイルかそこらです。さっき通り過ぎた谷のあたりです」

スパーホークはしばし黙考した。

「少し計画を変更したほうがいいようだ」スパーホークはあたりを見まわし、渦巻く霧の中、左手のほうに黒っぽい影を認めた。「あそこに木立があるようだな。おまえはほかの者たちといっしょに原野を突っ切って、教会兵が追いついてくる前にあの木立に隠れるんだ。わたしもすぐに行く」そう言ってファランの手綱を引き、「サー・オルヴェンと話がしたい」と馬の耳許にささやいた。

ファランは苛立《いらだ》たしげに耳を動かし、隊列の横を駆け抜けた。

「ここで別れることにしよう、オルヴェン」スパーホークは顔に傷痕のある騎士に声をかけた。「五十騎ほどの教会兵がそこまで来ている。見つかる前に姿を消したいんでね」

「わかった」オルヴェンはうなずいた。言葉を無駄に使うような男ではない。

「向こうをもう少し走らせてやったらどうかな。われわれがいないことは、追いつくまではわからないだろうから」

オルヴェンはにっと笑った。「デモスまで引っ張るか」

「そうしてもらえると助かる。レンダの手前で原野に入って、街の南でまた街道に戻るといいだろう。レンダにはアニアスの手下がいるはずだ」

「幸運を、スパーホーク」

「ありがとう」スパーホークはオルヴェンの手を握った。「確かに幸運が必要だろうな」

ファランが街道をはずれると、騎士の隊列は疾駆《ギャロップ》でその横を駆け去っていった。

「向こうの木立までどのくらいで行けるか、試してみよう」スパーホークは癇性《かんしょう》の乗馬にささやいた。

ファランはあざ笑うように鼻を鳴らし、ものすごい勢いで走りだした。

カルテンが木立の端のところで待っていた。灰色のマントは影と霧の中に紛れて、まったく目立たない。

「みんなは奥だ。オルヴェンは何をあんなに急いでるんだ」

「おれが頼んだ」スパーホークは鞍から飛び下りた。「オルヴェンがああやって一、二マイルつねに先行してれば、教会兵はおれたちがいないことに気づかないだろう」

「見かけより頭が切れるじゃないか、スパーホーク」カルテンも馬を下りた。「馬は木立の奥に連れてったほうがいい。身体から湯気が上がって、気づかれるかもしれない」ファランを見て顔をしかめ、「こいつにおれを噛まないように言ってくれ」

「聞こえたな、ファラン」とスパーホーク。

ファランは耳をうしろに倒した。

カルテンが馬を木立の中へ引いていってしまうと、スパーホークは藪《やぶ》の陰に腹這《はらば》いになった。木立と街道は五十ヤードほどしか離れていない。朝日に当たって霧が薄れだすと、今しがたあとにしてきた街道にまったく人影のないことが見て取れた。と、赤い短衣《チュニック》を着た兵士が南から疾駆《ギャロップ》で駆けてきた。ぎこちない手綱さばきで、顔の表情も妙に固いようだ。

「斥候《せっこう》か」スパーホークの横にうずくまったカルテンがささやいた。

「そんなところだろう」スパーホークがささやき返す。

「どうして声をひそめるんだよ。蹄の音で、こっちの声なんか聞こえやしない」

「おまえが先にそうしたんじゃないか」

「習慣だな。身を隠してるとつい小声になる」

斥候は丘の頂きで手綱を引いて馬を止め、くるりと向きを変えると全速力で引き返しはじめた。顔にはやはり表情がない。

「あんな走らせ方をしてたんじゃ、たちまち馬がつぶれちまうぞ」

「それはそうだ。馬がばてても、歩くのはあいつだ」

「教会兵はもっと歩いたほうがいいんだ。そうすれば謙遜《けんそん》するってことを覚えるだろうからな」

「あの男の馬だ」

五分ほどすると教会兵の一団が疾駆《ギャロップ》で通りかかった。赤い制服が夜明けの光に暗く染まっている。先頭に立つ隊長の横には、黒いローブとフードをまとった、背の高い痩《や》せぎすの姿があった。霧深い朝の光のいたずらだろうか、フードの下がかすかに緑色に輝いているように見える。背中は大きな瘤《こぶ》になっているようだった。

「オルヴェンの隊列しか見てないらしいな」カルテンが言った。

「デモスを楽しんできてもらうさ。オルヴェンはずっと先行しつづけられるはずだ。セフレーニアに話がある。みんなのところへ行こう。一時間ばかり腰を落ち着けて、連中が完全にいなくなってから行動に移ることにする」

「それがいい。そろそろ腹が減ってきたところなんだ」

二人は馬を引いてじめじめした木立の中を抜け、羊歯《しだ》の茂みの中から湧《わ》き出している泉を囲む、小さな水たまりのそばへやってきた。

「行ったか」ティニアンが尋ねた。

「すっ飛んでったよ」カルテンが笑みを見せる。「まわりのことは眼中にないみたいだった。何か食い物はないか。腹がぺこぺこだ」

「冷たいベーコンがありますよ」とクリク。

「火を焚《た》けば煙が立ちます。この木立の中で教会兵に囲まれたいんですか」

カルテンはため息をついた。

スパーホークはセフレーニアを見やった。

「兵士といっしょに駆けていったものがいるんです。何やら不安な気がして。どうも昨夜見たのと同じやつだと思うんですが」

「どんな外見でした」

「背が高くて、ひどく痩せています。背中は瘤になってるようでした。フード付きの黒いローブを着ていたので、細かいところまではわかりません」そう言って顔をしかめ、「教会兵は半分眠っているみたいでした。普通なら注意を怠るようなことはしないはずなんですが」

セフレーニアは真剣な顔になった。

「あなたが見たというそのものですが、ほかに何か変わった点はありましたか」

「はっきりとは言えませんが、顔が緑色に光ってるような気がしました。昨夜も同じことに気がついたんですけどね」

セフレーニアは憂い顔になった。「すぐに出発したほうがいいと思います、スパーホーク」

「向こうはこっちに気づいていないんですよ」

「すぐに気がつきます。あなたが見たのはシーカーです。ゼモックでは逃亡した奴隷を狩り立てるのに使われています。背中の瘤のようなものは、翼です」

「翼ですって」カルテンが疑わしげな声を上げた。「翼のある動物なんていませんよ――まあ蝙蝠《こうもり》は別ですけど」

「シーカーは動物ではありません。むしろ昆虫に似ていると言えるでしょう。アザシュが召喚した存在ですから、どちらの言葉にもおさまりきらないところはありますが」

「虫けらのことなんか心配する必要はないと思いますけど」

「シーカーは別です。頭はほとんど空《から》っぽですが、それは問題になりません。アザシュの精がかわりに考えていますからね。闇や霧の中でも遠くまで見通す目と、とても鋭い耳と、非常に鋭敏な嗅覚《きゅうかく》を備えた存在です。オルヴェンの隊列が見えるところまで近づけば、わたしたちがその中にいないことはわかってしまうでしょう。教会兵はそこで引き返してくるはずです」

「教会兵が虫けらに命令されているとおっしゃるのですか」ベヴィエが信じられないと言いたげな声で尋ねた。

「従うしかないのです。もはや自分たちの意思は持っていません。シーカーに完全に支配されているのです」

「それはいつまで続くのですか」

「生きている限りずっと――と言っても、あまり長いことではありません。必要がなくなれば食われてしまいますから。スパーホーク、これはとても危険な状況です。すぐに出発しましょう」

「みんな聞いたな」スパーホークは低い声で言った。「出発するぞ」

一行は普通駆足《キャンター》で木立から抜け出し、広々とした緑の原野を渡っていった。茶と白のぶちの牛が、そこここで膝まである草を食《は》んでいる。と、サー・アラスがスパーホークのそばに馬を寄せてきた。

「おれがとやかく言うことじゃないが、さっきは二十人のパンディオン騎士がいた。どうして教会兵と虫けらに立ち向かって、排除してしまわなかった」

「街道に兵士が五十人も死んで転がってたら、注意を引かずにはおかない。新しい墓にしても同じことだ」

「なるほど」毛深く浅黒いジェニディアン騎士はうなずいた。「人口の多い国に暮らしていると、それなりに面倒があるわけだな。これがサレシアなら、誰かに気づかれる前にトロールかオーガーがすっかり始末をつけてくれる」

スパーホークは身震いした。

「そいつらは本当に死体を食うのか」追っ手を気にして背後を振り返りながら尋ねる。

「トロールやオーガーか？　食うとも。あまりひどく腐っていなければな。たっぷり太った教会兵の死体一つで、トロールの一家が一週間は食いつなげるだろう。サレシアに教会兵とその墓が少ないのは、そういう理由もある。要するにおれが言いたいのは、生きている敵を背後にしたままなのが気に入らないということだ。そいつらはいずれ追いついてきて、つきまとうだろう。その存在がセフレーニアの言うほど危険なものだとしたら、できるうちに叩いておくべきだったかもしれない」

「そうかもしれん」スパーホークはうなずいた。「だが、残念ながらもう遅い。今からオルヴェンを追いかけるわけにもいかん。われわれにできるのはとにかく走りつづけて、向こうの馬が先にばてるのを祈るだけだ。機会があったらセフレーニアと話して、もう少し詳しくシーカーのことを聞いてみよう。どうもまだ全部を話してもらってないような気がするんでね」

その日は激しく馬を駆って道を急いだ。教会兵が追ってくる気配はなかった。田園地帯に夕闇が迫るころ、カルテンが提案した。

「このすぐ先に宿がある。ちょっと休憩していかないか」

スパーホークはセフレーニアを見た。「どうします」

「数時間程度ならいいでしょう。馬に餌《えさ》をやって、少し休ませるだけです。今ごろシーカーはわたしたちが隊列にいないことに気づいて、後を追ってきているでしょう。進みつづけなくてはなりません」

「これでとにかく夕食にありつけるな」とカルテン。「しばらく仮眠もできるだろう。今朝はずいぶん早かったんだ。うまく質問をすれば、情報だって集められるはずだ」

宿屋を切り盛りしているのは痩せぎすの陽気な旦那《だんな》と、太った楽しいおかみさんだった。居心地のいい宿で、手入れも行き届いている。酒場の一隅にある大きな暖炉は煙を上げておらず、床には新しい藺草《いぐさ》が敷き詰めてあった。

「こんな田舎で街の人を見かけるなんて、珍しいね」ロースト・ビーフの皿をテーブルに運びながら亭主が言った。「ましてや騎士なんて、ほとんど見たことがないよ。その着てるものから見て騎士だと思ったんだがね。こんなところへ、どんなご用です」

「ペロシアへ向かうとこなんだ」カルテンの口からはすらすらと嘘が出る。「教会の仕事でね。急いでるもんだから、原野を突っ切ることにしたのさ」

「三リーグほど南に、ペロシアへ行く街道があるよ」亭主は親切に教えてくれた。

「街道は遠回りだからな。今も言ったように、急いでるんだ」

「このあたりで何か面白いことはないか」ティニアンが世間話のような調子で尋ねる。

亭主は笑い声を上げた。

「こんな田舎で何があるって言うのかね。農夫のあいだで今いちばんの話題というのが、半年前に死んだ牛の話だ」亭主は椅子を引き、断わりもせずに腰をおろしてため息をついた。「若いころにはシミュラに住んでたのさ。あそこじゃあいろんなことがあった。あの刺激が懐かしいよ」

「どうしてこっちに移ることにしたんだ」肉を短剣で薄切りにしながらカルテンが尋ねる。

「死んだ親父がここを遺《のこ》したのさ。誰も買い手がなかったんで、ほかにどうしようもなかった」亭主は小さく眉《まゆ》をひそめた。「そう言えば妙なことがあったな」とさっきの話題に戻って、「ここ何ヵ月か、ちょっとおかしなことが続いてるんだよ」

「へえ」ティニアンが用心深く相槌《あいづち》を打つ。

「スティリクム人がやたらと目につくんだ。そこらじゅうを徘徊《はいかい》してるよ。普通はそんなに移動するような連中じゃないだろ」

「そのとおりです」セフレーニアが答えた。「わたしたちは遊牧民ではありませんから」

「スティリクム人だろうと思ったよ、お嬢さん。顔つきと服装でね。この先にもスティリクム人の村があるんだ。悪いやつらじゃないと思うんだが、どうも自分たちだけで引きこもりがちなんだな」亭主は背もたれに寄りかかった。「ときどき起きる悲劇にしたって、あんたたちがもう少しまわりの人間と入り混じるようになれば、かなり避けられると思うんだがねえ」

「それはわたしたちのやり方ではありません」セフレーニアがつぶやくように答える。「エレネ人とスティリクム人は、混じり合うべきではないと考えているのです」

「まあそういう考え方もあるだろうがね」

「そのスティリクム人だが、このあたりで何かやっているのか」スパーホークがさり気ない口調を装って尋ねた。

「いろいろ訊《き》きまわってるだけだな。昔のゼモック戦争のことにひどく興味があるらしくて。まあゆっくりしてってくれ」それだけ言うと亭主は立ち上がり、調理場へ戻っていった。

「問題ですね」セフレーニアがきっぱりと言った。「西部のスティリクム人はあたりをうろついたりはしません。神々がしっかりと祭壇を守るように言いつけていますから」

「ではゼモック人ですか」とベヴィエ。

「まず間違いないでしょう」

「ラモーカンドにいたとき、ゼモック人がモテラの東で国境を侵犯してるって報告があったな」カルテンが言った。「やっぱり同じことをしてた。田園地帯を徘徊して、民話やら伝承やらをいろいろと訊きまわってたんだ」

「アザシュもわたしたちと同じことを考えているようですね。情報を集めて、ベーリオンを探し出そうとしているのです」

「じゃあ競争だな」とカルテン。

「そうなってしまいますね。向こうはこちらに先んじてゼモック人を送り出していますす」

「背後には教会兵だ」アラスが付け加える。「挟《はさ》み討ちだな。うろついているゼモック人も、やはりそのシーカーというのが、教会兵と同じように操っているのか」巨漢のサレシア人はセフレーニアに目を向けた。「もしそうなら、待ち伏せができる」

「よくわかりません。オサのシーカーについてはいろいろと話を聞いていますが、実際に活動しているのを見たことはないのです」

「今朝はあまり詳しい話を聞けませんでしたが、そいつはどうやってアエアスの兵士を自由にしているんです」スパーホークが尋ねた。

「毒です。嚙まれると獲物は――あるいはシーカーが支配しようとする相手は――麻痺《まひ》してしまうのです」

「じゃあ嚙まれないように気をつけないとな」とカルテン。

「それは難しいと思いますよ。あの緑色の光には催眠効果があります。だからやすやすと近づいて、毒を注入できるのです」

「飛ぶのは速いんですか」ティニアンが尋ねる。

「成長のあの段階ではまだ飛べません。成体になるまで、羽根が成熟しないのです。それに何かの後を追うときには、地上にいないとにおいがわかりません。移動にはたいてい馬を使います。馬も同じやり方で支配されているので、シーカーは馬が死ぬまで全力で走らせることができるのです。死んだら次の馬に乗り換えるだけです。そうすることで、シーカーは広大な範囲を動きまわるのです」

「食べ物は何です」とクリク。「罠《わな》を仕掛けられるんじゃないかと思いますが」

「主に人間を食べます」

「となると、罠につける餌に問題がありそうですね」

夕食がすむと全員ベッドにもぐり込んだが、スパーホークは枕《まくら》に頭をつけるとすぐにクリクに起こされたような気がした。

「真夜中ですよ」

「わかった」スパーホークは疲れた声で答え、ベッドの上で身体を起こした。

「ほかの人たちを起こしてから、ベリットとわたしで馬に鞍をつけます」

スパーホークは着替えをすませてから階下に降り、眠そうな宿の亭主に話しかけた。

「教えてもらいたいのだが、このあたりに僧院はないかな」

亭主は頭を掻《か》いた。

「ヴェリン村の近くにあったと思いますよ。ここから東へ五リーグほどのところで」

「どうもありがとう」スパーホークはあたりを見まわした。「とても居心地のいい宿だな。おかみさんはベッドをきれいにしているし、テーブルも磨き上げてある。友人たちにも紹介しておこう」

「それはどうもご親切に、ありがとうございます」

スパーホークはうなずいて、外で仲間と合流した。

「東に五リーグほどのところに僧院があると亭主が言っている。朝までには着けるだろう。カレロスのドルマント大司教に報告を送っておきたい」

「わたしが行きますよ、サー・スパーホーク」ベリットが熱心に名乗り出る。

スパーホークはかぶりを振った。

「シーカーはもうおまえのにおいも嗅《か》ぎつけているだろう。カレロスへの途上で襲われるような目には遭わせたくない。敵に知られていない者に行ってもらうことにする。どうせ東へ進まなくちゃならんから、僧院へ寄っても時間の無駄にはならないしな。騎乗しろ」

満月の浮かぶ晴れわたった空の下、一行は宿屋を離れた。

「こっちです」クリクが指差す。

「どうしてわかるんだい」タレンが尋ねた。

「星だよ」とクリク。

「星を見ただけで方角がわかるっていうの」タレンは感動しているようだ。

「もちろんだ。船乗りは何千年も前からそうしてる」

「知らなかったな」

「だから学校に行ってればよかったんだ」

「船乗りになるつもりはないからね。魚泥棒のほうがまだ性に合ってるよ」

月明かりの下を、一行はほぼ真東に向かって進んでいった。朝までには五リーグほど来たようだったので、スパーホークは丘に登って周囲を見まわした。

「その先に村がある」戻ってくると騎士はそう説明した。「目当ての村だといいんだが」

その村は浅い谷間にあった。小さな村で、十軒ほどの石造りの家が並び、石を敷いた唯一の通りの一方の端に教会が、反対側の端に飲み屋があった。壁をめぐらした大きな建物が村はずれの丘の上に建っている。村の道に乗り入れると、スパーホークは通りすがりの村人を呼び止めた。

「隣人《ネイバー》、ちょっと尋ねるが、ここはヴェリン村かね」

「そうだよ」

「では、あの丘の上にあるのが僧院かな」

「そうだよ」男の声がわずかに刺々《とげとげ》しくなった。

「何かまずいことでも？」

「このあたりの土地はみんなあの僧院のものでね。賃料の取り立ての厳しいことといったら」

「どこでもそうじゃないのか？　領主というのは強欲なものだ」

「僧院はその上に十分の一税まで取っていくからな。ちょっと取りすぎだと思わないかね」

「確かにそうだな」

「どうして他人に〝ネイバー〟と呼びかけるんだい」ふたたび進みはじめると、ティニアンが尋ねた。

「習慣だからだろうな」スパーホークは肩をすくめた。「父がそうだったんだ。相手も安心するみたいだし」

「何で〝友人《フレンド》〟じゃないんだ」

「味方《フレンド》かどうかわからないじゃないか。とにかく僧院長に話を聞きにいこう」

僧院は黄色っぽい砂岩の壁に囲まれた、厳格な雰囲気の建物だった。周囲は畑になっており、藁《わら》で作った円錐《えんすい》形の帽子をかぶった修道僧たちが、朝の光の中で野菜の手入れをしていた。どの畝《うね》も長くまっすぐに伸びている。僧院の門は開いていて、スパーホークたち一行は中庭へ馬を乗り入れた。やつれた顔の痩せた僧が出迎えに現われたが、その表情には何かを恐れているようなところがあった。

「こんにちは、ブラザー」スパーホークはマントの前を開いて、首から下げた重い銀の護符を見せた。パンディオン騎士であるという証《あかし》の品だ。「ご迷惑でなかったら、僧院長殿とお話がしたいのだが」

「すぐに呼んでまいります、騎士殿」修道僧は急いで建物の中に引っこんだ。

僧院長は陽気な太った小男で、頭頂部をきれいに剃《そ》り上げ、てらてらした赤ら顔に汗をかいていた。遠隔地の小さな僧院なので、カレロスとの連絡もほとんどない。聖騎士たちが予告もなしに戸口に現われたので、僧院長は卑屈なほど取り乱していた。

「何をいたせばよろしゅうございましょうか、騎士殿」ほとんど頭を地面にこすりつけんばかりだ。

「大したことではありません、僧院長殿」スパーホークは丁寧な口調で答えた。「デモスの大司教と面識はおありですか」

僧院長はごくりと唾を呑んだ。「ドルマント大司教様ですか」声に畏怖《いふ》がにじんでいる。

「背の高い、痩せぎすの、ちょっと栄養失調みたいに見える人物です。その人に手紙を届けたいのですよ。体力のある若い修道僧といい馬を一頭お借りして、これから書く手紙を届けていただけませんでしょうか。教会の仕事です」

「も、もちろんですとも、騎士殿」

「そう言ってくださると思っていました。鵞《が》ペンとインクはありますでしょうか。手紙を書いてしまえば、それ以上お邪魔はいたしませんので」

「それともう一つ、僧院長殿」カルテンが口をはさんだ。「少し食べ物を分けていただけませんか。旅に出てだいぶ経《た》つもので、手持ちの食糧が心細くなっているんです。珍しいものでなくても結構ですから――ロースト・チキンをいくつかと、それにハムを一、二本、ベーコンを半身に、あと牛肉を一塊ほど」

「構いませんとも、騎士殿」僧院長は即座に答えた。

スパーホークがドルマントへの手紙を書いているあいだに、クリクとカルテンは食糧を荷物用の馬に乗せた。

「あんなことをする必要があったのか」ふたたび進みはじめると、スパーホークがカルテンに尋ねた。

「慈悲は美徳の基本だぜ、スパーホーク。だからできるだけ他人に勧めるようにしてるんだ」カルテンは悪びれた様子もなく答えた。

一行が進む田園地帯は、だんだんと原野の様相を濃くしていった。土地も痩せているようで、灌木《かんぼく》や雑草くらいしか見かけなくなってきている。ときどき淀《よど》んだ水たまりがあるものの、そのそばに生えている木々はねじれて、育ちがよくなかった。天候は曇りがちになり、一行は陰鬱《いんうつ》な午後を進みつづけた。

クリクが馬をスパーホークのそばに寄せた。「面白くない場所ですね」

「陰気だな」スパーホークが答える。

「今夜はどこかで野営しないと。馬が参りかけてます」

「わたしも元気とは言えないな」目がしくしくと痛み、鈍い頭痛が続いているのだ。

「問題はここ一リーグばかり、きれいな水を見かけないことなんですよ。ベリットと二人で、泉か小川を探してきたいんですが」

「油断するなよ」

クリクは鞍の上で振り向いた。「ベリット、仕事だ」

従士と見習い騎士はきれいな水を探しにいき、スパーホークたちはなおも速足《トロット》で進みつづけた。

「できれば休まず進んだほうがいいんだが」とカルテン。

「こうふらふらの状態じゃあな」スパーホークが答えた。「クリクの言うとおりだ。馬はもう長くはもたない」

「確かに」

そこへクリクとベリットが疾駆《ギャロップ》で丘を駆け下りてきた。

「気をつけて！」クリクがフレイルを引き抜きながら叫んだ。「連れがいます！」

「セフレーニア、フルートをつれてそこの岩陰へ！　タレンは荷馬を頼む」スパーホークは叫びざま剣を抜き、前方に躍り出た。ほかの者たちもそれぞれに武器を構えている。

敵が十五人ほど、馬を駆って丘を駆け下りてきた。奇妙な混成部隊で、赤い短衣《チュニック》の教会兵と、手織りのスモックのスティリクム人と、数人の農民が入り混じっている。どの顔も虚《うつ》ろで、目がどんよりとしていた。重武装の聖騎士が迎え撃とうと突進してくるのに、まったくの無表情で突っこんでくる。

スパーホークたちは散開して敵を迎えた。「神と教会のために！」ベヴィエが叫び、ロッホアーバー斧を振りまわして馬に拍車を入れると、敵のただ中に突っこんだ。スパーホークは若いシリニック騎士の突撃に虚を衝《つ》かれたが、すぐさま立ち直って、仲間の背後を守るためあとに続いた。もっとも、ベヴィエには後衛は必要なさそうだった。待ち伏せていた敵が無表情にぎこちなく繰り出してくる剣を盾で受け止め、柄の長いロッホアーバー斧を相手の身体に叩きこむ。うなりを上げて食いこんだ斧は敵に重傷を負わせたが、相手は苦痛の声を上げるでもなく、無表情のまま鞍から転げ落ちた。戦いと殺戮は、不気味な沈黙の中で行なわれた。スパーホークはベヴィエのうしろについて、背後からシリニック騎士を襲おうとする敵を斬り伏せた。剣は教会兵の身体をほとんどまっ二つにしたが、相手は顔をしかめさえしなかった。なおも腕を上げてベヴィエの背後を衝こうとしたその男の頭を、大上段から振りおろされたスパーホークの剣がかち割った。教会兵は鞍から放り出され、血まみれの草の上に転がった。

カルテンとティニアンは左右から敵の側面を攻撃して乱戦に加わり、アラスとクリクとベリットは、かろうじて戦いの渦の中から飛び出してきたわずかな敵の行く手を阻んだ。

赤い制服の教会兵と白いスモックのスティリクム人の死体がたちまち地面に転がった。乗り手を失った馬が恐慌に駆られて、いななきながらその場から逃げ去る。普通ならうしろのほうにいる敵は、仲間が片端から斬り倒されるのを見れば、戦意を失って逃げてしまうものだ。しかしこの無表情な男たちは攻撃を続け、スパーホークたちは最後の一人まで殺すしかなかった。

「スパーホーク！　あそこに！」セフレーニアの声がした。敵が駆け下りてきた丘の頂きを指差している。そこにはフード付きの黒いローブをまとった、背の高い骸骨《がいこつ》のような姿があった。その姿を、スパーホークはこれまでに二度見かけている。丘の上で馬にまたがった影の隠された顔のあたりは、かすかな緑色に光っていた。

「いい加減うんざりしてきたぜ。虫けらは踏み潰《つぶ》してやればいいんだ」カルテンは盾を上げ、馬の脇腹に拍車を入れた。剣を威嚇的に振り上げて丘を駆け上がる。

「カルテン！　だめです！」セフレーニアの声には恐怖がこもっていた。カルテンは耳を貸さずに突進していく。スパーホークは悪態をつき、友人のあとを追った。

丘の上の影が何気ない様子で手を動かす。目に見えない力に直撃され、カルテンは馬から放り出された。その時ちらりとローブの袖の中に見えたのは、恐ろしいことに人間の手ではなく、むしろ蠍《さそり》の前肢に近いものだった。

馬から飛び下りてカルテンを助けに走ったスパーホークは、驚いて息を呑んだ。いつのまにかセフレーニアの監視の目を逃れたフルートが、丘の麓《ふもと》まで近づいていたのだ。草の汁に汚れた片足を大きく踏み出し、手作りの笛を口に当てる。流れだした音楽は厳しく、やや不協和音を含んでいた。どういうわけか大きな合唱がともなっているように感じられる。丘の上のローブ姿の影は、強烈な一撃を食ったかのように後じさった。笛の音が高まり、合唱の歌声がすさまじい大きさにふくれ上がる。そのあまりの音量に、スパーホークは両手で耳を押さえた。肉体的な苦痛を感じるほどの大きさだ。

影が悲鳴を上げた。おそろしいほど非人間的な声だ。フードに隠れた頭を両の前肢で押さえている。と、それは馬首をめぐらし、丘の向こうへと逃げ去った。

だが今は怪物を追いかけている場合ではない。カルテンがあえぎながら地面に横たわっているのだ。カルテンは顔面蒼白になって、両手で腹を押さえていた。

「大丈夫か」スパーホークは友人のそばに膝をついた。

「放っといてくれ」カルテンがうめく。

「ばかなことを言うな。怪我《けが》をしたのか」

「いいや。好きでここに寝転がってるんだ」金髪の騎士は震えながら息を吸いこんだ。

「いったい何だったんだ。こんなひどい打撃を受けたのははじめてだ」

「いいからちょっと見せてみろ」

「おれは大丈夫だ。ちょっと息ができなくなっただけだってば」

「ばか野郎が。あいつのことはわかってたはずだろう。何を考えてたんだ」スパーホークは急に苛立《いらだ》たしい怒りにとらわれた。

「あのときはいい考えだと思ったんだよ」カルテンが弱々しく微笑む。「もうちょっと突っこむ道筋を考えるべきだったな」

「負傷したのですか」ベヴィエが馬を下り、心配そうな顔で近づいてきた。

「大丈夫そうだ」スパーホークは立ち上がり、努力して怒りを抑えた。「きみはこの種の訓練を受けているはずだろう。攻撃を受けたらどう対処するか、わかっていて然《しか》るべきだ。どうしてあんなふうに敵のまん中に突進した」

「あんなにいるとは思わなかったのです」ベヴィエが言い訳がましく答える。

「だがたくさんいた。死んでいたかもしれないんだぞ」

「わたしが気に入らないのですね」その声は悲しそうだった。

スパーホークは若い騎士の誠実な表情をしばらく見つめ、ため息をついた。

「いや、ベヴィエ、そうじゃないと思う。ただちょっと驚いただけだ。頼むから、ああいう唐突な行動は二度としないでくれ。わたしはもう若くない。神経にこたえるんだ」

「仲間のことを考えていなかったようです」ベヴィエはうなだれた。「もう二度としません。約束します」

「ありがとう、ベヴィエ。とにかくカルテンを連れていこう。セフレーニアに診《み》てもらわないと。セフレーニアのほうにもカルテンと話したいことがあるだろう。たっぷり時間をかけてな」

カルテンは困ったような顔になった。

「このままここに置いていってくれと言ったらだめかな。土の上は寝心地がいいんだ」

「無駄だよ」とスパーホーク。「でも心配するな。セフレーニアはおまえが好きなんだ。ひどいことをしたりはしないさ。少なくとも一生残るようなことは」

3

スパークとベヴィエがぐったりしたカルテンを連れて戻ると、セフレーニアはベリットの上腕部の大きな醜い傷を手当しているところだった。

「傷は重いのか」スパークは若い見習い騎士に尋ねた。

「どうってことありませんよ」ベリットはそう答えたが、顔色は冴えなかった。

「パンディオン騎士団ではまずまっ先に、自分の傷のことは軽く言えと教えるのですか」セフレーニアが皮肉っぽく尋ねた。「鎖帷子《くさりかたびら》で威力は半減していましたが、一時間もしないうちに肘《ひじ》から肩まで紫色に腫《は》れ上がりますよ。しばらくは腕が使えなくなるでしょう」

「今日はご機嫌がよろしいようですね、小さき母上」カルテンが言った。

教母は脅すように指を突きつけた。

「カルテン、お座りなさい。ベリットの腕の治療がすんだら、話があります」

スパークはあたりを見まわした。「アラスとティニアンとクリクはどこです」

「ほかに待ち伏せをしている者がいないかどうか、偵察に出ています」ベリットが答えた。

「いい考えだ」

「あの怪物、そう危険そうには見えませんでしたが」とベヴィエが言った。「いささか不可思議ではありますが、危険という感じはしませんでした」

「やられたのはあんたじゃないからな。あいつは危険だよ。おれを信じろ」カルテンが答えた。

「あれは想像もつかないほど危険なものです」とセフレーニア。「軍隊をそっくり差し向けてくることもできるのですよ」

「おれを馬から叩き落としたほどの力があるなら、軍隊になんか頼る必要もないでしょう」

「すぐに忘れてしまうのですね、カルテン。あれの心はアザシュの心です。神々は自分のために人間を働かせるのが好きなのです」

「丘を駆け下りてきた者たちは、まるで夢遊病者でした。切り刻んでも声さえ上げなかった」ベヴィエは身震いしてそう言い、眉《まゆ》をひそめた。「それにしてもスティリクム人があんなに攻撃的だとは。剣を手にしたところなど、初めて見ました」

「西方のスティリクム人ではありません」セフレーニアはベリットの腕に布を当て、包帯を巻きながら答えた。「あまり動かさないように。治るには時間がかかります」

「はい、教母様。そう言われると、少し痛くなってきました」

セフレーニアは微笑んで、若者の肩に優しく手を置いた。

「この者はなかなかいいですね、スパーホーク。やたらと頑固な誰かとは違って」そう言って意味ありげにカルテンを見やる。

「それはないでしょう」カルテンは抗議の声を上げた。

「鎖帷子を脱ぎなさい。どこか壊れていないか、見せてごらんなさい」

「あの者たちは西方のスティリクム人ではないとおっしゃいましたね」とベヴィエ。

「ええ、あれはゼモック人です。宿で話を聞いたとき、ある程度は予想していたことでした。シーカーは利用する相手を選びませんが、西のスティリクム人は鉄の武器を扱うことができません。もし地元のスティリクム人だったならば、青銅か銅の剣を使ったはずです」教母は鎖帷子を脱いだカルテンに目を向け、身震いした。「まるで金毛の絨毯《じゅうたん》ですね」

「わたしのせいじゃありませんよ、小さき母上」カルテンは少し顔を赤らめて答えた。

「うちの家系の男はみんな毛深いんです」

ベヴィエは考えこんでいた。

「あの怪物はどうして逃げていったのです」

「フルートのおかげだ」スパーホークが答えた。「前にもやっているんだ。あの笛で、ダモルクさえ追い払ったことがある」

「あんな小さな子供が？」ベヴィエの声には疑念があふれていた。

「フルートを見かけだけで判断するのは間違いだ」スパーホークは丘の斜面に目を向けた。「タレン、やめろ」

忙しく死体を漁《あさ》っていたタレンは驚いて顔を上げた。「でも――」

「いいからそこを離れろ。そんなことをするんじゃない」

「だけど――」

「言われたとおりにしろ！」ベリットが怒鳴った。

タレンはため息をつき、斜面を下りてきた。

「馬の支度をしておいてくれ、ベヴィエ。クリクたちが戻ったら、すぐに出発したい。シーカーはまだそのあたりにいるはずだ。いつ新手を引き連れて襲ってこないとも知れない」

「夜だろうと昼だろうと、襲ってくるときはくるでしょう」ベヴィエがおぼつかない様子で答える。「それにこちらのにおいを追ってくるのですよ」

「わかってる。だから急ぎたいんだ。できるだけやつを引き離したいからな」

クリクとアラスとティニアンが戻ってきたのは、荒野に夕闇が迫るころだった。

「ほかに待ち伏せがいる様子はありません」馬から下りると従士はそう報告した。

「このまま進まなくてはならない」とスパーホーク。

「馬は消耗しきってますよ」クリクはほかの面々の顔を見渡した。「人間のほうも似たようなものです。みんなこの二日間、ろくに眠ってないんですから」

「それはわたしが何とかしましょう」カルテンの毛深い上半身から顔を上げて、セフレーニアが静かに言った。

「どうするんです」カルテンは少し不機嫌な様子だ。

教母は微笑んで、カルテンの鼻の下で指をこすり合わせた。「ほかにありますか」

「今感じてる疲れを何とかする呪文があるなら、どうして教えてくれなかったんです」

頭痛がぶり返したせいで、スパーホークも少々気が立っていた。

「危険だからですよ、スパーホーク。パンディオン騎士のことはよく知っていますからね。場合によっては何週間も眠らずに仕事をしようとするでしょう」

「だから？　その呪文が本当に効くのなら、構わないじゃないですか」

「呪文は一晩ゆっくり休んだような気分にしてくれるだけのものです。実際に疲れが回復するわけではないのですよ。頼りすぎると死んでしまいます」

「なるほど、それは確かに理由になりますね」

「わかってもらえてよかった」

「ベリットの具合はどうです」ティニアンが尋ねた。

「しばらくは痛むでしょうが、大丈夫です」

「あの若者は見込みがある」アラスが言った。「腕が治ったら斧《おの》の使い方を教えてやろう。考え方はいいんだが、腕がついていってない」

「馬を連れてきてください」セフレーニアはスティリクム語で呪文を唱えはじめた。いくつかの言葉は声に出さず、手の動きは袖《そで》で隠している。スパーホークがいくら耳を澄ましても呪文を完全に聞き取ることはできず、その効果を拡張する身振りのほうはまったく見当がつかなかった。と、急に身体が軽くなったような気がした。鈍い頭痛は消え、頭もすっきりしている。ぐったりと首を垂れて脚をがくがくさせていた荷馬が、仔馬のようにあたりを跳ねまわりはじめた。

「いい呪文だ」アラスが端的な感想を口にした。「出発しよう」

ベリットに手を貸して鞍に乗せると、一行は薄暮の中へ馬を乗り出した。一時間ばかりすると満月が昇り、普通駆足《キャンター》で進めるようになった。

「前方の丘を越えると街道があります」クリクがスパーホークに言った。「さっき偵察したときに見てきたんです。ほぼ目的地のほうに向かってますし、闇の中で足許に気をつけながら荒れ地を進むより、街道を行ったほうが早いと思います」

「賛成だ」とスパーホーク。「一刻も早くこのあたりを脱出したいからな」

街道に出ると、一行は疾駆《ギャロップ》で東に向かった。真夜中をだいぶ過ぎたころ、西から広がってきた雲が夜空を覆った。スパーホークは悪態をついて速度を落とした。

夜明けの直前に一行は川に行き当たった。街道はそこで北に折れている。橋か浅瀬を探してそのまま川沿いに進むうちに夜が明けたが、頭上にはなおも重苦しい雲がかかっていた。さらに何マイルか川を上流のほうへ進むと、街道はふたたび東に向かいはじめ、そのまま川の中を通って向こう岸に続いているのがわかった。

浅瀬のそばには小さな小屋があった。小屋の持ち主は緑の短衣《チュニック》を着た目つきの悪い男で、浅瀬の通行料を要求してきた。押し問答する時間も惜しいので、スパーホークは言われるままに金を払った。取引がすむとスパーホークは男に尋ねた。

「ところでネイバー、ペロシア国境まではどのくらいだ」

「五リーグほどだな」目つきの悪い男は答えた。「このまま進めば昼前に着けるだろう」

「ありがとう、ネイバー。助かったよ」

一行はばしゃばしゃと浅瀬を渡った。対岸に着くと、タレンがスパーホークに近づいてきた。

「ほら、お金を返すよ」泥棒少年はそう言って、数枚の硬貨を手渡した。

スパーホークは驚いて少年を見つめた。

「橋を渡るのにお金がいるのは仕方ないさ。誰かがお金を出して、橋を架けたわけだからね。でもあいつは川が自然に浅くなってる場所を利用してるだけだ。自分の懐《ふところ》はぜんぜん痛めてない。それで利益が得られるなんて、おかしいじゃない」

「すったのか」

「もちろん」

「財布にはわたしの硬貨以外にも金が入ってたろう」

「ちょっとだけね。あんたの金を取り戻すための手数料だと思ってよ。おいらがこれで利益を得るのは正当なことだと思うんだ」

「手に負えないな」

「練習をしとかないとね」

そのとき川の向こうから怒りの叫びが聞こえた。

「どうやら気がついたようだな」とスパーホーク。

「あの声はそうらしいね」

川の対岸の土壌も、今まで踏破してきた荒れ地と比べてさほどましとは言えなかった。ときどき見える貧相な畑では、みすぼらしいなりの農民が茶色のスモックを泥だらけにして、瘦《や》せた土地からわずかな作物を収穫するための、厳しい長時間の労働に従事していた。クリクは軽蔑《けいべつ》するように鼻を鳴らした。

「素人《しろうと》だ」クリクは農作業というものをきわめて真剣に考えているのだ。

午前中なかばごろになって、これまでたどってきた細い道が、しっかりと踏みならされた広い街道になった。街道はまっすぐ東に向かっている。

「提案があるんだがね、スパーホーク」ティニアンが青い紋章の入った盾を動かして声を上げた。

「どういう提案だ」

「また原野に踏みこんだりせずに、このまま街道を行ったほうがいいんじゃないかな。ペロシア国は見張りのいる国境を避けるような旅人に対して神経質だ。密輸の心配をしてるんだよ。国境警備隊と揉《も》めるのは得策じゃないと思う」

「わかった。揉めごとはできるだけ避けよう」

日の射さない陰気な午《ひる》を少し過ぎたころ、一行は国境にたどり着き、何事もなくペロシア国南部に足を踏み入れた。農地はエレニアの北部よりもさらに荒れ果てている。家や納屋はどれも草葺《くさぶ》きで、身軽な山羊が屋根の上で草を食《は》んでいた。クリクは不服そうにあたりを見まわしたが、何も言わなかった。

あたりが暗くなるころ、丘に登ると眼下の谷に村の明かりが見えた。

「宿屋があるかな」カルテンが言った。「セフレーニアの魔法もそろそろ切れてきたみたいだ。馬がよろめいてるし、おれも何だかふらふらする」

「ペロシアの宿のベッドには先客がいるぞ。ありとあらゆる、不愉快な小生物たちがね」ティニアンが警告する。

「蚤《のみ》か」とカルテン。

「それに虱《しらみ》と、鼠《ねずみ》ほどの大きさの南京虫《なんきんむし》だ」

「そのくらいの危険は冒《おか》すしかないな。馬はもうあまり歩けそうにない。シーカーも建物の中では襲ってこないだろう。屋外のほうが好きらしいから」スパーホークはそう言うと、先に立って村を目指した。

村の通りは舗装されておらず、泥は踝《くるぶし》にまで達する深さだった。一軒しかない宿屋に着くと、スパーホークはセフレーニアを抱えてポーチまで運び、そのあとにフルートを抱えたクリクが続いた。ドアに続く階段には固まった泥がこびりついているが、ドアの脇にある泥落としはほとんど使われた形跡がない。ペロシア人は泥汚れをあまり気にしないようだった。宿の中は薄暗くて煙っており、汗と腐った食物のにおいが強烈に立ちこめていた。床はもともと藺草《いぐさ》が敷いてあったらしいが、今は四隅を除いて、固まった泥の下に埋もれていた。

「本当に考えなおす気はないんだな」ティニアンがカルテンにささやいた。

「おれの胃は丈夫なんだ。それに入ってきたとき、確かにビールのにおいがした」

亭主が持ってきた夕食は、いささか茹《ゆ》でキャベツが多すぎはしたが、少なくとも喉《のど》を通らないほどのものではなかった。ベッドは単なる藁《わら》を詰めた袋だったが、ティニアンが言うほど害虫だらけというわけでもなかった。

翌朝は早発《はやだ》ちして、まだ薄暗い中、泥道を通って村を出た。

「このあたりじゃ太陽は照らないもんなの」タレンが惨《みじ》めそうに尋ねた。

「春だからだ」クリクが答える。「春は曇って雨がちのほうが、作物にはいいんだ」

「おいらは蕪《かぶ》じゃないんだよ、クリク。水をかけてもらわなくても育つんだ」

クリクは肩をすくめた。

「そういう文句は神様に言うんだな。おれが天気を決めてるわけじゃない」

「神様とはあんまり親しくしてないからなあ。向こうは忙しいし、おいらだって同じだからね。互いに干渉しないようにしてるのさ」

ベヴィエが承服できないと言いたげに口をはさんだ。

「生意気な少年だな。全宇宙の主《しゅ》について、そういう口の利《き》き方をするものじゃない」

「あんたは名誉ある聖騎士だからね、サー・ベヴィエ。おいらはただの路上の盗っ人で、適用される規則が違うんだよ。神様の偉大な花園には、薔薇《ばら》の美しさを際立たせるための雑草が必要なのさ。おいらはその雑草なんだ。神様は許してくださると思うよ。だっておいらもやっぱり神様の設計した花園の一部なんだもん」

ベヴィエは手の施しようがないと言うように少年を見つめ、やがて笑いだした。

それから数日間、一行は用心しながら南ペロシアを進んでいった。つねに斥候を出して行く手を確認し、丘があれば登って、あたりの状況を観察した。東に進みつづけるあいだも天候はぱっとしなかった。畑では農民が――実際には農奴だが――何とも粗末な道具を使って農作業をしていた。生け垣には鳥が巣を作り、見栄えのしない家畜に混じって鹿が草を食んでいることさえあった。

人はいるのだが、教会兵やゼモック人の姿は見えない。それでもスパーホークたちは注意を怠らず、できるだけ人を避け、斥候を出すように努めた。黒いローブのシーカーがごく普通の農奴を利用することもじゅうぶんに考えられたからだ。

ラモーカンド国が近づくにつれ、かの国の騒乱に関する混乱した噂がいろいろと耳に届くようになった。ラモーカンドの国情はあまり安定しているとは言いがたい。国王の統治権にしても、群雄割拠する豪族たちが黙認しているといった程度のものでしかない。何かあったとしても、豪族たちは巨大な城の中に閉じこもってしまい、国王を助けようなどとはしないだろう。百年以上も遡《さかのぼ》る血の反目はごく当たり前で、盗賊男爵たちは勝手気ままに略奪をくり返している。言ってみれば、ラモーカンドは永遠に続く内戦の国だった。

この西方諸王国中もっとも問題のある国との国境まであと三リーグというあたりで、一行は野営することにした。カルテンが徴用した牛肉の最後の残りを使って夕食をすませると、スパーホークは立ち上がった。

「さて、ラモーカンドはどういうことになっているのか。いったい何が起きているのか。何か提案はないか」

カルテンがまじめな顔で話しだした。

「おれはここ八、九年ほどラモーカンドで過ごしたんだが、ラモーク人というのは変わった連中だ。復讐《ふくしゅう》のためならすべてを犠牲にして、悔いるところがない。しかも男より女のほうがひどいんだ。ちゃんとしたラモーク人の娘は、一生を費やして、父親の財産をことごとく使い果たしてでも、冬至祭のパーティーでダンスの誘いを断わった男に槍を突き立てようとするだろう。あれだけの年月をラモーカンドで過ごしながら、おれは誰かが笑うのを聞いたり、微笑むのを見たりしたことが一度もない。地上でもっとも荒涼たる土地だよ。ラモーカンドでは、太陽さえ照ることを許されてないんだ」

「ペロシア人から何度も聞かされた全面戦争の件だが、それもいつものことなのか」

「ペロシア人がラモーカンドについて言うことはあてにならないだろうな」ティニアンが考え考え言った。「教会の影響力と聖騎士団の存在があるから、ペロシアとラモーカンドはどうにかお互いを滅亡させるような戦争に突入するのを思いとどまっているんだ。神聖とさえ言えそうなほどの激しさで憎み合ってるんだよ」

セフレーニアはため息をついた。「エレネ人というのは」

「欠点があることは認めますよ」とスパーホーク。「つまり国境を越えたら、面倒に巻きこまれるというわけか」

「そうとは言いきれない」ティニアンは顎《あご》をこすった。「もう一つ提案してもいいかな」

「提案はいつでも歓迎だ」

「正式の甲冑を着けたらどうかと思うんだ。どんな荒くれの男爵も教会では十字を切るわけだし、教会騎士団がその気になれば、ラモーカンド西部を蹂躙《じゅうりん》するくらいのことはできるんだから」

「はったりを見抜かれたらどうする」とカルテン。「何しろこっちはたったの五人だ」

「その心配はないと思う。現地の争いに対する教会騎士団の中立性は、このあたりじゃあ伝説になってる。正式の甲冑を着けていれば、いらぬ誤解を防げるだろう。おれたちの目的はランデラ湖へ行くことであって、かっとなりやすい地元の連中の争いに首を突っこむことじゃないんだ」

「いい手だ。試してみる価値はある」アラスが言う。

「わかった。ではそうしよう」スパーホークはそう結論した。

翌朝起きると五人の騎士たちは荷物の中から甲冑を取り出し、クリクとベリットの手を借りて身につけた。スパーホークとカルテンはパンディオン騎士団の黒い鎧《よろい》に銀の外《サー》衣《コート》、それに公式の黒いケープをまとった。ベヴィエの甲冑は銀色に磨き上げられ、外衣とケープの色は純白だ。ティニアンの巨大な鎧は地肌むき出しの鋼鉄で、そのかわり外衣とケープは鮮やかな空色だった。アラスは旅のあいだじゅう着ていた普段用の鎖帷子を脱ぎ、鎖で編んだズボンと腿《もも》のなかばまで来る鎖帷子を身につけた。さらに簡素な円錐形の鉄兜と緑色の旅行着をしまうと、緑色の外衣ときわめて印象的な角付きの鉄兜をかぶった。角はオーガーから取ったものだという話だった。

甲冑を着けおえると、スパーホークはセフレーニアの前に立った。

「どうです」

「堂々としていますよ」教母は賛辞を呈した。

しかしタレンの批評はもう少し手厳しかった。

「鉄の塊に足が生えたみたいに見えない?」とベリットに感想を述べる。

「まあそう言うな」ベリットは片手で笑いを隠して答えた。

「がっくりくるな」カルテンがスパーホークに言った。「一般人にはそんなふうに見えてるのか」

「たぶんな」

クリクとベリットは近くのイチイの茂みから槍の柄になる木を伐《き》ってきて、鋼鉄の穂先をつけた。

「旗はどうします」とクリク。

「どう思う」スパーホークはティニアンに尋ねた。

「あって悪いことはないだろう。できるだけ目立つようにしたほうがいい」

騎士たちは苦労して馬に乗り、盾の位置を直し、旗をつけた槍を見栄えよく立てて出発した。ファランは急に堂々とした歩きぶりを示しはじめた。

「やめろ、こら」スパーホークはうんざりした顔で言った。

ラモーカンドとの国境を越えたのは、午《ひる》を少し過ぎたころだった。国境警備隊は疑わしそうな顔をしたが、公式の甲冑をまとって断固とした表情を浮かべた聖騎士の前に、即座に道を開けた。

川を越えればラモーク人の都市カダクがある。橋もかかっていたが、スパーホークはこの荒涼とした醜い街には立ち寄らないことにした。地図を開いて道を調べ、針路を北へ転じる。

「川は上流で分岐している。どこかで浅瀬を渡れるだろう。街に入ると見知らぬ外国人にうるさく質問してくる手合いがいるかもしれないからな」

北へ向かうと、本流に注ぎこむいくつもの細い支流が流れていた。午後になってそんな支流の浅瀬を渡っていると、向こう岸にラモーク人戦士の大柄な身体が見えた。

「散開しろ。セフレーニアはタレンとフルートを連れてうしろへ」スパーホークはきびきびと指示した。

「シーカーの手先だと思うか」槍の柄を持ち直しながらカルテンが尋ねた。

「すぐにわかるさ。慌てて突っかけるなよ。ただ、いつでも戦えるようにはしておけ」

戦士たちを率いている逞《たくま》しい男は鎖帷子を着て、豚の顔を模したよく目立つ面頬《めんぽお》のついた鉄兜をかぶり、頑丈そうな革のブーツをはいていた。男は進み出てきて、敵意がないことを示すために面頬を上げた。

「大丈夫そうですね」ベヴィエが小さくささやいた。「エレニアで殺した者たちのような、表情のない顔はしていません」

「挨拶を、騎士殿」ラモーク人が言った。

スパーホークは流れの中でファランを少しだけ前に進めて応えた。

「こちらこそ挨拶を、閣下」

「ちょうどいいところで会った。聖騎士に行き合うのに、エレニアまで行かなければだめかと思っていたところだ」

「教会騎士に何のご用です」スパーホークが穏やかな声で尋ねる。

「仕事をお願いしたいのだ、騎士殿。教会の将来に関わる仕事でな」

「教会への奉仕がわれわれの仕事です」スパーホークは苛立ちを隠して答えた。「もう少し詳しく話していただきたい」

「誰もが認めるとおり、カダクの大司教はカレロスの総大司教の座にもっともふさわしい人物だ」

「聞いたことがないな」カルテンがうしろのほうでつぶやく。

「しっ」スパーホークは肩越しに声をかけ、ラモーク人を促した。「どうぞ続けてください」

「不慮なることに、現在ラモーカンド西部では内戦が始まっている」

「〝不慮なることに〟ってのがいいな。実にいい響きだ」ティニアンがカルテンにささやく。

「ご両名、お静かに願えんかね」スパーホークはぴしゃりと決めつけ、ラモーク人戦士に向き直った。「内戦の噂は耳にしています。だがそれは明らかに地元の問題で、教会の関与するところではないと思うが」

「今それを話そうとしていたのだ、騎士殿。カダクのオーツェル大司教は今お話ししたこの内戦に巻きこまれ、わたしが主人として仕える弟御の、アルストロム男爵閣下の城に難を避けておいでになる。しかしこの城も、いずれはアルストロム様に仇《あだ》なす敵に包囲されるものと考えなくてはならない」

「しかしわれわれはただの五人です。攻囲戦で城を守るのに、さほどの力になれるとは思えないが」

ラモーク人は尊大な笑みを浮かべた。「無敵の聖騎士の力を借りずとも、アルストロム様の城はわれわれが守りきってみせる。男爵閣下の城は難攻不落で、敵が一世代かけて城壁に攻撃をかけようと、びくともするものではない。だがさきほども言ったとおり、クラヴォナス総大司教猊下《げいか》がお隠れになった暁には——神よ、その日の遠からんことを——オーツェル大司教こそが総大司教にもっともふさわしいお方だ。そこであなたとお仲間にお願いがある。悲しいことに選挙の必要が生じた場合に備えて、大司教猊下を、安全に選挙に間に合うように、聖都カレロスまでお連れしてもらいたいのだ。この目的に沿って、これからみなさんをわが主人アルストロム男爵の城へとご案内したい。どうかこの高貴な使命を引き受けていただきたい。それでは参りましょうか」

「いやいや、騎士殿」

4

アルストロム男爵の城は、川の東岸の崖の上に建っていた。崖はカダクの街の上流数リーグのところに、本流を見下ろすように張り出している。城は醜く荒涼とした風情《ふぜい》で、どんよりした空の下に蟇蛙《ひきがえる》のようにうずくまっていた。城壁は厚く高く、城主のかたくなな傲慢《ごうまん》さを反映しているようだった。

「これが難攻不落？」ラモーク人の戦士が城門に通じる短い土手道に入ると、ばかにするようにベヴィエがつぶやいた。「こんな城壁、二年とかけずに攻め落としてみせますよ。アーシウムの貴族は、こんなひ弱な城ではとても安心して暮らせないでしょう」

「アーシウムでは城造りに時間をかけられるからな」スパーホークは白いケープの騎士に答えた。「アーシウムで戦争を始めるには、ラモーカンドよりも時間がかかる。この国では五分もあれば戦争が始まって、しかもそれが何世代も続くんだ」

「そうですね」ベヴィエはうなずいて、弱々しい笑みを浮かべた。「若いころに軍事史の研究をしたことがあるのです。ラモーカンドについて述べた本を読んだときには、まったくのお手上げでした。この不幸な国の上っ面のすぐ下にある同盟と裏切りと血の反目をすべて理解するなど、まともな人間にできることではありません」

跳ね橋が音を立てて下ろされ、一行はがたがたと橋を渡ると城の中庭に入った。ラモーク人の戦士は馬を下りた。

「よろしかったら、ただちにアルストロム男爵とオーツェル大司教猊下《げいか》のところへご案内したい。時が迫っているのだ。ゲーリック伯爵の軍勢が城を包囲する前に、猊下を無事に外へ送り出したいのでな」

「先導してくれ」スパーホークはファランの背から滑り下りた。槍を厩の壁に立てかけ、銀の象嵌《ぞうがん》をした黒い盾を鞍に掛けて、手綱を厩番に手渡す。

一同は幅広い石の階段を上り、両開きの巨大なドアをくぐった。その先には松明《たいまつ》に照らされた廊下が伸びている。壁に使われている石も巨大なものだった。

「厩番に教えてやらなかったな」黒いケープを足首にまとわりつかせながら追いついてきたカルテンがスパーホークに言った。

「何をだ」

「おまえの馬の癖だよ」

「忘れてた。でも今ごろはもうわかってるだろう」

「たぶんな」

ラモーク人の戦士が一行を案内したのは、飾り気のない部屋だった。いろいろな点から見て、居室というよりも武器庫といったほうが近い。壁には剣や斧《おの》が掛けられ、部屋の隅には十何本かまとめて槍が立てかけてある。アーチ形の大きな暖炉には火が焚《た》かれ、数えるばかりしかない椅子はどっしりとした、クッションのないものだった。床は石がむき出しで、狼犬が何匹かそこここで居眠りをしていた。

アルストロム男爵は暗い顔をした陰鬱そうな人物だった。黒い髪と髭には白いものが混じりはじめている。鎧《よろい》を着て、腰には大剣《ブロードソード》を吊《つ》っている。外衣は黒で、鮮やかな赤の刺繍《ししゅう》が施してあった。豚顔の鉄兜《てつかぶと》をかぶった戦士と同じような、頑丈そうなブーツをはいている。

先導してきた男が四角張って頭を下げた。

「幸運をもちまして、城壁から一リーグと行かないうちに、こちらの聖騎士の方々と出会うことができましてございます。喜んで同行してくださいました」

「ほかにどうしようがあった？」カルテンがつぶやく。

鎧と剣を身につけた男爵は、ぎこちない動きで椅子から立ち上がった。

「挨拶を、騎士殿」あまり温かいとは言えない声だ。「サー・エンマンが城の近くで卿《けい》らに出会うことができたのは、まさしく幸運だった。わが敵の軍勢は今しもこの城を包囲しようとしている。その前に兄を無事に落ち延びさせねばならんのだ」

「はい、閣下」スパーホークは黒い兜を取り、去っていく鎖帷子《くさりかたびら》の戦士を見やった。「サー・エンマンから事情はうかがいました。しかし兄君は、閣下の部隊に警護させたほうがよろしかったのではありませんか。敵に包囲される前にわれわれがここへ来たのは、まったくの偶然です」

アルストロムは首を横に振った。

「ゲーリック伯爵の軍勢は、わたしの手の者と見れば即座に攻撃を仕掛けるだろう。聖騎士に守られてこそ兄も無事に脱出できるのだ、サー――？」

「スパーホークです」

アルストロムの顔を驚きの表情がよぎった。

「その名はこの地においてもいささか知られているものだ」そう言ってほかの者たちの顔を見まわす。スパーホークは仲間を紹介した。

「珍しい組み合わせだな、サー・スパーホーク」セフレーニアにおざなりな会釈《えしゃく》をしてから、アルストロムは感想を述べた。「危険を伴うかもしれん旅に、女性と子供二人を連れ歩くのはどんなものかな」

「この女性はわれわれの使命に欠かせない人なのです。女の子はその女性が面倒を見ており、少年のほうはその小姓です。この二人を置いてくることはできませんでした」

「小姓だって」タレンがベリットにささやくのが聞こえた。「いろんな呼び方をされたことがあるけど、こいつは初めてだな」

「しっ」ベリットが少年をたしなめる。

「しかし何よりも驚いたのは、四騎士団のすべての騎士がそろっていることだ」アルストロムが言った。「騎士団の横のつながりは、最近はあまり緊密とは言えないと聞いていたのだが」

「教会の利害に直接関わる探索に従事しているのです」スパーホークはさらに籠手《こて》をはずした。「きわめて急を要する事態なので、騎士団長の協議により、一体となって行動しています」

「教会が一体であるように聖騎士団も一体となることは、久しく待ち望まれていたことじゃ」しわがれた声が部屋の奥から聞こえ、影の中から聖職者が歩み出てきた。簡素な、みすぼらしいとさえ言えそうな黒い法衣を着ている。頰《ほお》のこけた顔には苦行者のような表情があった。髪は白髪《しらが》の混じった白っぽいブロンドで、それを肩のところで横一文字に切りそろえてある。まるでナイフですっぱり断ち切ったような髪型だった。

「わたしの兄、カダクのオーツェル大司教だ」アルストロムが紹介した。「猊下」スパーホークは鎧をかすかにきしませて一礼した。

「教会の利害に直接関わる探索とやら、なかなかに興味深い」明かりの下に歩み出ながらオーツェルが言った。「四騎士団が過去の反目を水に流して、それぞれの勇士をともに送り出すとは、いったいいかなる緊急事態なのじゃ」

スパーホークは一瞬考えて、賭《か》けに出てみることにした。

「猊下にはシミュラのアニアス司教とご面識がおありですか」尋ねながら籠手を兜の中に突っこむ。

オーツェルの顔が険しくなった。「会ったことはある」

「おれたちもその栄に浴しましてね」とカルテン。「一度お目にかかればたくさんというところですか」

オーツェルはちらりと笑みを見せた。

「高潔なる司教殿に対するわしらの評価は、どうやら一致しておるようじゃ」

「猊下には理解がお早くていらっしゃる」スパーホークが言った。「シミュラの司教は教会におけるある地位を望んでいます。われわれの騎士団長は、司教がその地位にはふさわしくないと考えているのです」

「そのような望みを持っているという話は聞いておる」

「われわれの探求はそこから始まっているのです。シミュラの司教はエレニアの政治に深く関与しております。法の上でのエレニアの統治者は、亡きアルドレアス王の娘のエラナ女王です。しかしながら女王はひどいご病気で、今やアニアスが王国評議会を牛耳っております。つまりアニアスは、国庫を手中に収めていることになります。このような財源があるからこそ、総大司教の座を望むこともできるわけです。いくらでも資金を注ぎこむことができるのですから。そして聖議会議員の中には、丸めこまれてしまった者もいることがすでにわかっております。われわれの使命は女王の健康を回復し、ふたたび王国の統治をその手に取り戻すことにあります」

「それはまた不見識な」アルストロム男爵が不快そうに言った。「女などに一国の統治はできん」

「わたしは女王の擁護者たる名誉を担っております」とスパーホーク。「また女王の友人とも自負しております。女王がまだ子供だったころから存じ上げておりますが、エラナはただの女性ではありません。イオシアのほとんどどの諸侯よりも、強靭《きょうじん》な意志をお持ちです。健康を取り戻しさえすれば、シミュラの司教など敵ではございません。ほつれ毛を切るよりも簡単に、アニアスと国庫との関係を断ち切ってしまわれるでしょう。国庫の資金がなければ、司教の望みはついえたも同然です」

「使命が高貴なものであることはわかった」オーツェル大司教が言った。「しかしなぜまたラモーカンドへ」

「あからさまな申しようをお許しいただけますか、猊下」

「構わんとも」

「最近わかったことですが、エラナ女王の病気は自然のものではなく、その治療のためには極端な手段を採《と》らなければならないのです」

「回りくどい言い方だな」アラスがオーガーの角のついた兜を取りながら、低くうなるように言った。「パンディオンのブラザーが言おうとしたのは、エラナ女王が毒を盛られ、解毒のためには魔法を使うしかないということです、猊下」

「毒じゃと」オーツェルは青ざめた。「まさかアニアス司教がやったと言うのではあるまいな」

「すべてがその方向を示しております、猊下」ティニアンが青いケープをばさっと開いて答えた。「細かい話は省きますが、背後にアニアスがいるというはっきりした証拠もあります」

「聖議会に告発すべきじゃ！　事実としたら由々しきことじゃぞ」

「その件はドルマント大司教にお任せしてあります」スパーホークがなだめるように言った。「いちばんいい時期を見計らって、聖議会に提出してくださると信じています」

「うむ、ドルマントなら信用できる。あれの決定には従うことにしよう。少なくとも当面はな」

「みんなどうぞ腰をおろしてくれたまえ」男爵が声をかけた。「事態が切迫しているので、いささか礼儀をおろそかにしてしまった。何か飲み物でもいかがかな」

カルテンの目が輝いた。

「お気遣いなく」スパーホークはそう答え、セフレーニアのために椅子を引いた。教母は腰をおろすと、フルートがその膝によじ登った。

「お嬢さんかな」オーツェルが尋ねる。

「いえ、猊下。何と言うか、一種の拾い子です。可愛がっていますけれど」

「ベリット、おれたちはお邪魔だろう。厩へ行って馬の様子を見てこよう」クリクがそう言って、二人は部屋を出ていった。

「一つお伺いしたいのですが」ベヴィエがアルストロム男爵に声をかけた。「戦争の原因は何だったのですか。昔からの反目といったところでしょうか」

「いや、サー・ベヴィエ」男爵の表情が固くなった。「発端はもう少し最近のことでな。一年ほど前のことだったか、わたしの一人息子が、カモリアから来たという騎士と親しくなったのだ。ところがその男はとんだ食わせ者だった。若く愚かな息子を焚《た》きつけて、わが隣人たるゲーリック伯爵の娘を手に入れられると思いこませたのだ。娘のほうもまんざらではない様子だったが、ゲーリックとわたしが友人だったことはない。それからしばらくして、ゲーリックは娘を別の男と娶《めあわ》せると発表した。息子は激怒し、そのいわゆる友人なる騎士は、息子に自棄的な計画を吹きこんだ。娘をさらって、結婚させてくれる司祭を見つけ出し、たくさんの孫ができたところでゲーリックの怒りを解こうという計画だ。二人は伯爵の城の城壁を乗り越え、娘の寝室に忍び入った。ところが友人だと思っていたその男は、あらかじめ向こうにこの計画を漏らしていたのだ。二人が部屋に入ると、ゲーリックとその姉の七人の息子たちが隠れ場所から飛び出してきた。伯爵の娘が裏切ったのだと思いこんだ息子は、伯爵の甥《おい》たちが剣を握って殺到してくる前に、短剣で相手の娘を刺し殺してしまった」アルストロムは言葉を切った。目をぎらぎらさせ、歯を食いしばっている。「むろん悪いのは息子のほうだ。それだけなら、嘆きはしてもそれ以上ことを荒立てようとは思わなかったろう。だが死んだ息子に対する仕打ちが、わたしとゲーリックの敵対関係を決定的なものにしてしまった。息子を殺しただけでは飽き足らず、伯爵と血に飢えた甥たちは息子の死体を切り刻んで、それをわが城の門前に打ち捨てていったのだ。わたしは激怒したが、そのときはまだ信頼していたカモリア人の騎士が、悪辣《あくらつ》な入れ知恵をしてきた。カモリアに急用ができて自分は帰らなくてはならないが、信用できる者を二名、応援に寄越すと言ってな。先週になってその二名が門前にやってきて、復讐《ふくしゅう》のときは来たと言い、わたしの手勢を率いて伯爵の姉の館を急襲すると、七人の甥たちを皆殺しにしてしまった。あとでわかったことだが、この二人はわたしの兵たちを焚きつけ、ゲーリックの姉にまで勝手な振る舞いに及んだのだとか」

「なかなか微妙な言い回しだな」カルテンがスパーホークにささやいた。

「黙って聞け」スパーホークがささやき返す。

「レディは殺され、裸で伯爵の城の前に投げ出された。こうなってはもう和解は不可能だ。ゲーリックには多くの同盟者がいる。それはわたしも同様だ。こうしてラモーカンド西部は、今や全面戦争に突入しようとしている」

「悲劇的なお話です」スパーホークが悲しそうに言った。

「気がかりなのは戦争のほうだ。兄をこの城から連れ出して、無事にカレロスまで送り届けることが何よりも重要なのだ。ゲーリックの攻撃で兄までが亡くなったならば、教会は騎士団を送りこむしかなくなるだろう。大司教が——それも総大司教への道を約束されている大司教が殺されたとなれば、無視することもできまい。だからそうなる前に、兄を聖都まで送り届けてもらいたいのだ」

「一つ質問があります。どうもそのカモリア人騎士の行動というのが気になるのですが、その男と二人の手下の風貌《ふうぼう》を教えていただけませんか」

「騎士は背の高い、傲慢な態度の男だった。仲間の一人は人間だか猿だかわからんような、野蛮な大男だ。もう一人はこそこそした様子の、強い酒に目のないやつだった」

「どこかで聞いたような連中だなあ」とカルテン。「その騎士の特徴は、ほかに何かありませんか」

「さほどの歳というわけでもないのに、髪がまっ白だったな」

「マーテルめ、こんなところまでうろついてたのか」カルテンが言った。

「その男を知っているのか、サー・カルテン」男爵が尋ねる。

「白い髪の男はマーテルといいます」スパーホークが説明した。

「手下の二人はアダスとクレイガーです。マーテルは追放された元パンディオン騎士で、世界じゅう至るところで雇われ仕事をやっています。ごく最近の雇い主はシミュラの司教ですね」

「しかしシミュラの司教が、なぜわたしとゲーリックを仲たがいさせたりするのだ」

「その点も見当はついています。四騎士団の騎士団長はアニアスの総大司教就任に強固に反対しています。選挙のとき騎士団長たちがカレロスの大聖堂にいれば、投票権があるのはもちろん、その意見は聖議会全体に大きな影響を与えるでしょう。それに何か不正の兆候があれば、即座に教会騎士団が動くことになります。アニアスが総大司教の座を手に入れようとするなら、選挙の前に騎士団をカレロスから追い出しておかなくてはならない。先だってはレンドー国でも、騎士団を聖都から遠ざけておこうというマーテルの陰謀を阻止したばかりなのです。お話しいただいた不幸な出来事も、やはり同じことを目的とする陰謀だろうと思われます。マーテルはアニアスの命令で世界規模の火の手を上げ、教会騎士団がそれを消し止めにカレロスを離れるように仕向けようとしているのです」

「本当にアニアスはそこまで堕落しておるのか」オーツェルが尋ねた。

「猊下、アニアスは総大司教の地位を得るためなら、文字どおりどんなことでもするでしょう。望みを遂げるためにイオシア大陸の全住人の半数を虐殺させたとしても、驚くには当たりません」

「聖職者がそれほど下劣になれるものじゃろうか」

「野望ですよ、猊下」ベヴィエが悲しげに言った。「これが心に食いこんでしまうと、ほかのことは何も見えなくなるのです」

「ならばいよいよ兄を無事にカレロスまで送ってもらわなくては」アルストロムが横から口をはさんだ。「兄は聖議会議員の信望が厚い。その発言は聖議会でも重きをなすことだろう」

「申し上げておかなくてはならないことがあります、アルストロム閣下」スパーホークが言った。「その計画にはいささか大きな危険がつきまとうことになります。われわれは追われているのです。使命の達成を妨害しようとする者がおりましてね。兄上の身の安全を第一にお考えとのことですが、われわれとしてはそれを保証することができません。追ってきているのは絶対にあきらめることのない、きわめて危険なやつなのです」わざとぼかして説明したのは、シーカーについて事実を話せば却《かえ》ってアルストロムとオーツェルに信じてもらえないだろうと思ったからだった。

「申し訳ないが、ほかに選択の余地はないのだ、サー・スパーホーク。今にも城を包囲されようという状況では、どのような危険があろうと、とにかく兄を外に出さなくてはならない」

スパーホークはため息をついた。

「ご承知の上とあれば仕方ありません。われわれの探求もきわめて急を要するものですが、兄上の護送のほうを優先させるしかないでしょう」

「スパーホーク！」セフレーニアは息を呑《の》んだ。

「どうしようもありませんよ、小さき母上。猊下は何としても無事にラモーカンドからカレロスまでお連れしなくてはなりません。男爵のおっしゃるとおりです。大司教の身に何かあったら、教会騎士団は報復のためにカレロスから駆けつけるでしょう。それは食い止めようがありません。何とか猊下を聖都までお送りして、そのあと遅れを取り戻すしかないんです」

「探求と言うが、いったい何を探しておるのかな、サー・スパーホーク」カダクの大司教が尋ねた。

「サー・アラスが申し上げたとおり、エレニアの女王の健康を回復するには魔法に頼るしかありません。そしてこの世界には、それほどの力を持った魔法の品は一つしかないのです。われわれはランデラ湖畔の古戦場へ赴き、かつてサレシアの王冠を飾っていた宝石を探すつもりです」

「ベーリオンを？」オーツェルは衝撃を受けたようだった。「まさかあの呪われた品を、ふたたび日の光の下に持ち出そうというのではあるまいな」

「それしか方法がないのです、猊下。女王を救えるのはベーリオンだけなのです」

「ベーリオンは穢《けが》れた宝石じゃ。トロールの神々の邪悪な力に染まっておる」

「トロールの神々もそう捨てたもんじゃない」アラスが言った。「気紛《きまぐ》れなのは確かだが、邪悪というのは少し違う」

「エレネ人の神は、トロールの神々と関わることを禁じておる」

「エレネ人の神は賢明な神ですよ、猊下」セフレーニアが言った。「スティリクムの神との交渉も禁止しましたが、そこに例外を設けたのですから。聖騎士団が創設されたときのことです。スティリクムの若き神々は、エレネ人の神の計画を手助けすることに同意しました。ならばトロールの神々から援助を受けることも、あっていいのではありませんか。わたしの理解では、エレネ人の神はとても柔軟性に富んでいます」

「冒瀆《ぼうとく》だ！」オーツェルは息を呑んだ。

「いいえ、猊下、違います。わたしはスティリクム人ですから、エレネ人の神学には従っていないのです」

「早く出発したほうがいい」アラスが提案した。「カレロスまではけっこうな距離だ。戦いが始まる前に猊下をここから連れ出さないと」

「わが友は無駄なことは言わんな」ティニアンが称讃する。

「すぐに支度してこよう」オーツェルはドアに向かった。「一時間もしたら出発じゃな」

「伯爵の軍勢がここを包囲するまで、あとどのくらいあるとお考えですか」ティニアンが男爵に尋ねた。

「もう一日もないだろう、サー・ティニアン。盟友が北進する伯爵の軍勢を妨げてくれるはずだが、向こうはかなりの大軍だ。すぐに突破してしまうに違いない」

「タレン、返すんだ」スパーホークがぴしゃりと言った。

少年は渋い顔で、柄《つか》に宝石を飾った小さな短剣をテーブルに戻した。

「見てたのか」

「二度とそんなことはするな。いつも見ているんだ」

男爵は要領を得ない顔をしている。

「あの子は財産の所有権というものを、まだよく理解してないんですよ」カルテンがさらりと言った。「教えようとしてるんですけど、覚えが悪くてね」

タレンはため息をつき、スケッチブックと鉛筆を取り上げると、部屋の奥のテーブルに腰をおろして絵を描きはじめた。絵の才能は大したものなのだ。

「みなさんには感謝の言葉もない。兄の身の安全が唯一の気がかりだったのだ。これで当面の問題に全力を集中できる」男爵はスパーホークに目を向けた。「探求の旅の途中で、そのマーテルという男に出会うことはあるだろうか」

「ぜひそうあってほしいと思っています」スパーホークは熱を込めて答えた。

「殺すつもりなのだな」

「それこそスパーホークが十年以上も望みつづけてることですよ」とカルテン。「マーテルは、スパーホークが同じ国にいると枕を高くして眠れないんです」

「神がその腕にお力を貸したまわんことを、サー・スパーホーク。あの裏切り者が死者の家に加われば、息子も多少は安らかに瞑《ねむ》ることができよう」

ドアが勢いよく開いて、サー・エンマンが駆けこんできた。

「閣下、急いでおいでください！」息せき切ってアルストロムに声をかける。

アルストロムは立ち上がった。

「どうしたのだ、エンマン」

「ゲーリック伯爵に出し抜かれました。艦隊を率いて川からやってきたのです。崖の両側からどんどん上陸してきています」

「警報を鳴らせ！　跳ね橋を上げろ！」

「ただちに、閣下」エンマンは急いで部屋から出ていった。

アルストロムは絶望のため息をついた。

「残念ながら遅かったようだ、サー・スパーホーク。そなたの探求も、わたしが頼んだ仕事も、これでおしまいだ。城はすぐに包囲されるだろう。この先何年か、この城壁の中に籠城《ろうじょう》することになる」

5

巨石をアルストロムの城の城壁に打ちつける規則的な音が響いてくる。ゲーリック伯爵の投石機が位置について、攻撃を開始したのだ。

スパーホークたち一行はアルストロムの要請で、武器を飾った殺伐とした部屋にそのまま留まり、男爵の帰りを待っていた。

「攻城戦て初めてなんだけど、どのくらい続くもんなの」タレンがスケッチから顔を上げて尋ねた。

「脱出する道が見つからなかったら、終わるころにはおまえも髭《ひげ》を剃《そ》るくらいの年になってるさ」クリクが答えた。

「何とかしてよ、スパーホーク」少年は焦《あせ》った声になった。

「提案があれば何でも言ってくれ」とスパーホーク。

タレンは天を仰いだ。

アルストロム男爵が部屋に戻ってきた。顔つきが厳しい。

「残念だが、完全に包囲されたようだ」

「休戦はしないのですか」ベヴィエが尋ねた。「アーシウムでは攻城戦に入る前に一時的に休戦して、女性と聖職者を脱出させるのが普通なのですが」

「不幸なことに、ここはアーシウムではないのだ。ラモーカンドには休戦などというものは存在しない」

「何か考えがありますか」スパーホークがセフレーニアに尋ねた。

「ないこともありません。あなたの得意なエレネ人の論理で考えてみましょう。第一に、正面突破で血路を開くというのは問題外と考えていいのですね」

「まったく問題外です」

「次に男爵が指摘なさったとおり、休戦は不名誉なことと考えられている」

「猊下《げいか》やあなたの命を、いちかばちかで休戦に賭《か》けるわけにはいきませんね」

「こっそり忍び出るという手はどうです。それもだめですか」

「危険すぎます」カルテンが答えた。「城は包囲されてるし、向こうの兵士は忍び出てくる者がいないかと、鵜《う》の目鷹《たか》の目ですからね」

「何とか口先でごまかせませんか」

「この状況では無理です」アラスが言った。「包囲軍はクロスボウで武装してる。話ができるほど近づけません」

「では、スティリクムの秘儀に頼るしかありませんね」

オーツェルの顔がこわばった。「邪教の魔術を使うような仲間には入れん」

「そうくるだろうと思ったよ」カルテンがスパーホークにささやいた。

「朝になったら説得してみるさ」スパーホークはささやき返し、アルストロム男爵に向き直った。「今夜はもう遅いし、みんな疲れています。少し眠れば頭もすっきりして、いい考えが浮かぶかもしれません」

「まったくだ、サー・スパーホーク」アルストロムはうなずいた。「召使が卿らを安全な区画までお連れする。善後策は明朝また考えてみることにしよう」

一行はアルストロムの城館の飾り気のない廊下を歩いて、居心地はいいがあまり使われた形跡のない翼棟へと案内された。夕食が部屋へ運ばれ、スパーホークとカルテンは甲冑《かっちゅう》を脱いだ。食事がすむと、二人は割り当てられた部屋で静かに語り合った。

「オーツェルが魔法についてどういう考え方をするか、先に言っとけばよかったな」カルテンが口火を切った。「ラモーカンドの聖職者は、レンドー人並みに魔法を毛嫌いするんだよ」

「あれがドルマントなら何とでもなったんだが」スパーホークが暗い顔でうなずく。

「ドルマントは国際人だからな。パンディオン騎士館のすぐそばで生まれ育って、あまり表には出さないけど、あれで秘儀についちゃかなり詳しいんだ」

そのとき小さくドアを叩く音がした。スパーホークが立ち上がり、返事をした。タレンだった。

「セフレーニアが話があるってさ」

「わかった。先に寝ててくれ、カルテン。まだすっかり元気を回復してないみたいだからな。案内を頼む、タレン」

少年はスパーホークを廊下の端まで連れていき、ドアをノックした。

「お入りなさい、タレン」セフレーニアが答える。

「どうしておいらだってわかったの」ドアを開けると、タレンは不思議そうに尋ねた。

「方法があるのですよ」セフレーニアは秘密めかして答えた。フルートの長い黒髪を優しくとかしている。少女は小さな顔に夢見るような表情を浮かべ、満足そうにハミングしていた。スパーホークは驚いた。フルートの声を聞いたのはこれが初めてだったのだ。

「ハミングができるなら、どうしてしゃべれないんです」

「どうしてしゃべれないなどと思ったのです」セフレーニアが髪をとかしてやりながら問い返す。

「しゃべったことがないじゃないですか」

「それがどうかしましたか」

「話というのを聞きましょうか」

「ここから脱出するには、いささか華《はな》やかな手段を取ることになります。そのために、あなたとほかの人たちの協力が必要なのです」

「何でも言ってください。いい考えがあるんですか」

「いくつかあります。問題はオーツェルですね。あの人があくまでも魔法を拒むようなら、連れて出ることはできないでしょう」

「頭を殴って気絶させて、安全な場所まで鞍に縛りつけていくというのはどうです」

「スパーホーク」セフレーニアは非難がましい声を上げた。

「ちょっと考えただけですよ」騎士は肩をすくめた。「フルートはどうなんです」

「この子が何か」

「ヴァーデナイスの船着き場と騎士館の外で、見張りにこっちを無視させたじゃないですか。あれをもう一度やれませんか」

「城門の外にどれだけの兵士がいると思っているのです。フルートはまだほんの子供なのですよ」

「ははあ。相手の人数で違いがあるとは知りませんでした」

「もちろんありますとも」

「オーツェルを眠らせちゃったら？」とタレン。「ほら、寝こんじゃうまで鼻の下で指をこすり合わせればいいのさ」

「それは可能かもしれませんね」

「目が覚める前に魔法を使えば、気づかれずにすむな」

「面白い提案です。よく思いつきましたね」

「おいらは泥棒だぜ。ほかの人より頭の回転が速くなきゃ、やっていけないよ」

「オーツェルをどうするかはともかく、むしろ問題はアルストロムの協力をどう取りつけるかです」スパーホークが言った。「兄の命を自分の理解できない何かに託すのは、たぶんあまり気が進まないでしょう。朝になったら話し合ってみます」

「くれぐれも話して説得するのですよ、スパーホーク」

「やってみましょう。来い、タレン。女性の方々には少し眠ってもらおう。カルテンとわたしの部屋に予備の寝台があるから、おまえはそこで寝ろ。セフレーニア、呪文の手伝いが要るなら、気兼ねなく声をかけてください」

「気兼ねなどしませんよ、スパーホーク。あなたはいつでもわたしの味方ですから」

「おやおや」騎士は笑みを浮かべた。「おやすみなさい、セフレーニア」

「おやすみ、ディア」

「おやすみ、フルート」

騎士の挨拶に応えて、フルートは短くトリルを吹いた。

翌朝、スパーホークは早起きして城館の中心部へ向かった。松明《たいまつ》に照らされた長い廊下を歩いていると、サー・エンマンに行き合った。

「どんな具合だね」スパーホークは尋ねた。

エンマンの顔は疲労で鉛色になっていた。ゆうべは徹夜だったようだ。

「一定の成果は収めている。真夜中ごろ正門にかなり激しい攻撃があったが、撃退した。こちらの投石機もすでに位置についた。これでゲーリックの投石機と船は、午《ひる》になる前に破壊できるだろう」

「それで退却すると思うか」

エンマンはかぶりを振った。

「むしろ陣地を掘って、長期戦に備えるだろうな」

スパーホークはうなずいた。

「わたしもそう思う。アルストロム男爵はどちらにおいでかな。話したいことがある――兄君のおられないところで」

「男爵閣下なら城正面の胸壁の上だ。ゲーリックに姿を見せつけておられる。そうすれば焦って突っこんでくるのではないかと思ってな。今ならお独りのはずだ。兄君は礼拝堂におられるから」

「ちょうどいい。では男爵とお話ししてこよう」

胸壁の上は風が強かった。スパーホークは鎧《よろい》の上からマントを巻きつけて風を防いだが、風は足許にびゅうびゅうと吹きつけてきた。

「おはよう、サー・スパーホーク」アルストロムの声は元気がなかった。甲冑《かっちゅう》に身を固め、兜《かぶと》の面頬《めんぽお》にはラモーカンドに特有の尖《とが》った飾りをつけている。

「おはようございます、閣下」スパーホークは胸壁の端に近づかないようにして挨拶した。「どこか人目につかない場所でお話しできませんか。今はまだゲーリックに、教会騎士がこの城にいると知られないほうがいいのではないかと思います。向こうは目の鋭い兵を集めてこちらを観察しているはずです」

「それなら門の上の塔がいいだろう。来たまえ」アルストロムは先に立って胸壁の上を歩きはじめた。

塔の部屋は粗雑で機能的だった。クロスボウを手にした十人ほどの弓兵が、細い矢狭《やざ》間《ま》から眼下の敵に矢を射かけている。

「この部屋を使うから、全員しばらく胸壁から射つづけるように」

アルストロムの命令で、弓兵たちは金属製のブーツを鳴らして部屋から出ていった。

二人きりになると、スパーホークは話しはじめた。

「問題があります」

「わかっているとも」アルストロムは矢狭間から外を覗《のぞ》き、城壁の前に群がる敵を見やった。

あまり冗談を口にしない国民性の中で、一瞬のユーモアのきらめきにスパーホークは口許《くちもと》をほころばせた。

「そちらは閣下の問題です。われわれの共通の問題は、閣下の兄上のことです。ゆうべセフレーニアも指摘したように、自然な手段だけに頼っていては、この包囲網を突破して兄上を落ち延びさせることはできないでしょう。選択の余地はありません。魔法を使うしかないのです。しかし大司教猊下は絶対反対のご様子だ」

「オーツェルと神学論争をするつもりはない」アルストロムが答えた。

「わたしもですよ、閣下。とはいえ、猊下が総大司教の座に就こうとするのであれば、見解を変えていただかなくてはなりません。少なくとも魔法というものについて、別の見方もあるということを学んでいただかないと。四騎士団は教会の軍団で、その使命を達成するために、しばしばスティリクムの秘儀を利用しているのですよ」

「それはわかっているとも、サー・スパーホーク。しかしあの頑固な兄が、簡単に見解を変えるとは思えん」

スパーホークはすばやく頭を回転させながら、部屋の中を行ったり来たりしはじめた。

「では、それは仕方がないとしましょう。兄上をこの城から脱出させるために用いる方法は、閣下にはいささか不自然に思えるかもしれません。だが効果的な方法であることは間違いない。セフレーニアは秘儀に精通しています。奇跡としか思えないようなことをするのも、何度も目にしました。兄上を危険にさらすようなことは絶対にないと、わたしが保証します」

「よくわかった、サー・スパーホーク」

「けっこう。閣下が反対なさるのではないかと心配していたのです。自分の理解できないものに頼るのをいやがる人間は多いですから。では、猊下にはわれわれがしようとしていることを知られないようにしなくてはなりません。魔法を使うと言えば拒否なさるでしょうから。ただ結果だけを受け入れていただくようにしたい。猊下が罪であるとお考えの行為に、猊下が関わることはないというわけです」

「わかってもらいたいのだが、わたしはこのやり方に反対する気はないのだ。何とか兄を説得してみよう。時として耳を貸してくれることもあるのでな」

「今回がそうであることを祈ります」スパーホークは矢狭間の外を覗いて悪態をついた。

「どうかしたかね」

「部隊のうしろの、丘の上にいるのがゲーリック伯爵ですか」

男爵も外を覗いた。

「そうだ」

「その横に立っている男がいるでしょう。あれはマーテルの手下のアダスです。どうやらマーテルは両方の陣営に入りこんでいたようですね。それよりも心配なのが、その反対側にいるやつです。黒いローブを着た、背の高いのがいるでしょう」

「あの男がそれほどの脅威とは思えんがな。ほとんど骸骨《がいこつ》ではないか」

「顔が光っているように見えませんか」

「言われてみれば確かにそうだ。妙なこともあるものだな」

「妙どころではありませんよ、アルストロム男爵。とにかくセフレーニアに相談しないと。すぐに知らせておかなくてはなりません」

セフレーニアは自分の部屋で、つねに手元から離さないティーカップを手にして腰をおろしていた。フルートはベッドの上で足を組み、おそろしく複雑なあやとりをしている。紐《ひも》のつながりを目で追っていくうちに頭がぼうっとしてくるような気がして、スパーホークは慌てて目をそらした。

「問題があります」スパーホークは教母にそう声をかけた。

「わかっていますとも」

「それが思っていた以上に厄介なことになっているんです。ゲーリック伯爵といっしょにアダスがいましてね。たぶんクレイガーもどこかその辺にいるでしょう」

「マーテルにはいい加減うんざりしてきましたね」

「アダスとクレイガーが加わったからって問題がそう大きくなるわけじゃありませんが、例のシーカーまで外にいるんですよ」

「確かですか」セフレーニアは急いで立ち上がった。

「形も大きさもぴったりですし、フードの下には光が見えました。あいつは一度にどのくらいの人数を操れるんです」

「アザシュが背後にいるのです、限界があるとは思えません」

「ペロシアの国境近くで襲ってきた連中は、斬《き》っても突いても平気で突進してきましたね」

「ええ」

「シーカーがゲーリックの全軍を支配しているとしたら、アルストロム男爵の軍勢はとてもその攻撃を支えきれないでしょう。急いでここを出なくてはなりません。考えはまとまりましたか」

「いくつか方法があると思います。シーカーの存在で少し面倒は増えますが、それも何とかできるでしょう」

「そう願いたいですね。ほかの者たちにも声をかけてきます」

半時間ほどして、スパーホークたちは前の日に話をした部屋にふたたび集まっていた。

「さてみなさん、危険が差し迫っています」セフレーニアが言った。

「この城なら大丈夫だ、マダム。五百年のあいだ、一度として攻城戦で陥落したことはない」

アルストロムが自信たっぷりに答える。

「今回は少し様子が違うと思います。攻城戦では、通常は城壁を攻撃するわけですね」

「うむ、まず投石機で敵を弱らせておいてからだが」

「攻撃側は、犠牲が大きくなりすぎた場合は退却するのですか」

「わたしの経験では」

「ゲーリックの兵は退却しないでしょう。城が落ちるまで攻撃を続けるはずです」

「なぜわかるのですかな」

「黒いローブの人影のことを覚えておいでですか」スパーホークが言った。

「うむ、ずいぶんと心配していたようだが」

「理由のないことではないのです、閣下。われわれを追ってきていたのはあいつです。シーカーと呼ばれていて、人間ではなく、アザシュの手先です」

「口に気をつけなされ、サー・スパーホーク」オーツェル大司教が不興げに声を上げた。

「教会はスティリクムの神々の存在を認めておらん。今の発言は背教すれすれじゃ」

「この話し合いを実りあるものにするために、とりあえずわたしは自分の言っていることがわかっているのだと仮定しておいてください。アザシュのことは措《お》くとしても、お二人には外にいるあの存在がどれほど危険なものであるか、理解していただきたいのです。あれはゲーリックの軍団を思うように操って、城が落ちるまでひたすら攻撃に向かわせることができるのです」

「それだけではありません」ベヴィエが口をはさんだ。「普通なら行動不能になるような傷を受けても、操られている兵士たちはまったく意に介しません。シーカーに操られている者たちと戦ったことがあるのですが、全員を殺すしかありませんでした」

「サー・スパーホーク」アルストロムが口を開いた。「ゲーリック伯爵は不倶戴天《ふぐたいてん》の敵となってしまったが、それでもあれは名誉を重んじる、教会に忠誠を誓う人物だ。闇の生き物に頼るような真似をするはずがない」

「伯爵が何も知らないというのは、じゅうぶんにあり得ることでしょう」セフレーニアが言った。「もっとも、現在の問題はわたしたちに大きな危険が迫っているということです」

「どうしてその怪物はゲーリックの兵力を統合したのだろう」アルストロムがいぶかしげにつぶやく。

「スパーホークも言ったように、あれはわたしたちを追ってきています。なぜかアザシュはスパーホークを脅威とみなしているのです。古き神々には未来を見通す力がありますから、スパーホークを排除しなくてはならないような状況を垣間《かいま》見たのかもしれません。すでに何度か命を狙われたこともあります。シーカーがここに現われたのも、スパーホークを殺すか、少なくともベーリオンを探し出せないようにするのが目的でしょう。

ここを離れなくてはなりません。それも早急に」教母はオーツェルに向き直った。「猊下には申し訳ありませんが、ほかに方法がありません。スティリクムの秘儀を使わせていただきます」

「わしは加わらん」大司教はかたくなだった。「そなたはスティリクム人だけに、真の信仰に無知なのは仕方がない。じゃがわしの目の前で邪悪なわざを使おうなどと、よくも言えたものだ。わしは聖職者なのじゃぞ」

「その見方は変えていただかなくては」アラスが静かに言った。「騎士団は教会の戦力です。騎士はよりよく教会に仕えるため、スティリクムの秘儀を学ぶ。九百年にわたって、あらゆる総大司教が認めてきたことです」

「新しい総大司教が認めない限り、スティリクム人は秘儀を教えようとはしないでしょう」セフレーニアが付言する。

「わしがカレロスで総大司教の座に就けば、教会騎士に魔法を教えるなどということは廃止されよう」

「そうなれば西方諸国はおしまいです」とセフレーニア。「スティリクムの秘儀がなければ、教会騎士はアザシュに対して手も足も出ません。西方諸国はオサの手に落ちることとなるでしょう」

「オサがやってくるなどという証拠はない」

「次の夏がやってくるという証拠もありません」アルストロムに視線を向け、「脱出を容易にするための手段はあると思います。その前に、まず台所で料理人と話をしたいのですが」

アルストロムは不思議そうな顔になった。

「よく台所にある材料を使うものですから。すべてそろっていることを確かめたいのです」

「ドアの前に警護の兵がいる。その者に言っていただければいい」

「ありがとう。いらっしゃい、フルート」そう言うとセフレーニアは部屋から出ていった。

「何をしようっていうんだ」とティニアン。

「セフレーニアは事前に説明なんかしてくれないよ」カルテンが答える。

「たいていは、事後にもね」スケッチから顔を上げてタレンが付け加えた。

「話しかけられない限り、口を出すんじゃない」ベリットがたしなめる。

「そんなことしたら、しゃべり方を忘れちゃうよ」

「まさかこれを認めるわけではあるまいな、アルストロム」憤ったオーツェルは弟に詰め寄った。

「仕方がないでしょう。あなたを安全な場所まで送るには、これしか手がないんですよ」

「外にクレイガーもいたのか」カルテンがスパーホークに尋ねた。

「見かけてはいないが、そのあたりにいるはずだ。誰かがアダスを見張ってる必要があるな」

「アダスというのはそんなに危険なやつなのか」とアルストロム。

「獣《けだもの》ですよ」カルテンが答えた。「頭のほうは空《から》っぽです。スパーホークとの約束で、マーテルはスパーホークに任せるから、アダスはわたしが相手をするってことになってるんです。アダスはまともにしゃべることもできなくて、楽しみのために人を殺すようなやつですよ」

「汚くて、いやなにおいがするんだ」タレンが付け足した。「一度カモリアの港町で追いかけられたことがあるんだけど、あのにおいだけで足がすくみそうになったよ」

「マーテルもいっしょにいるかな」ティニアンの声に期待がこもる。

「疑わしいな」とスパーホーク。「レンドー国からあまり動けないようにしてやったから。たぶんこのラモーカンド国で前もってお膳立《ぜんだ》てだけととのえて、それからレンドーでの工作にかかったんだと思う。そのあとクレイガーとアダスをこっちに送りこみ、仕事に取りかからせたんだろう」

「そのマーテルという男、いないほうが世の中のためになるようだ」アルストロムが言った。

「そうなるように全力を挙げている」アラスが低い声でつぶやく。

ややあって、セフレーニアとフルートが戻ってきた。

「必要なものは見つかりましたか」スパーホークが尋ねた。

「だいたいそろいました。あとのものは作れます」教母はオーツェルを見つめた。「猊下はお引き取りになったほうがよろしいかと。お気持ちを傷つけたくはありませんから」

「いや、ここにいよう」大司教は冷たく答えた。「わしがいれば、忌まわしい力の発露を抑えることができるかもしれん」

「かもしれませんが、疑わしいですね」セフレーニアは台所から持ってきた小さな素焼きの壺《つぼ》を見て、顔をしかめた。「スパーホーク、空の樽《たる》が手に入りませんか」

騎士はドアを開け、警護の兵に声をかけた。

セフレーニアはテーブルに近づき、硝子《ガラス》のゴブレットを手に取った。教母がしばらくスティリクム語の呪文をつぶやくと、小さくさらさらと音がして、ゴブレットの中はラヴェンダー・サンドのような粉末でいっぱいになった。

「けしからん」オーツェルがつぶやく。

セフレーニアはその声を無視して、アルストロムに言った。

「松脂《まつやに》とナフサはありますでしょうか」

「もちろん。城の防御には欠かせないものだ」

「けっこう。うまくいけばそれが必要になります」

兵士が樽を転がして部屋に入ってきた。

「そこに置いてください」セフレーニアは火から離れた一角を指差した。

兵士は樽を置くと男爵に敬礼し、部屋から出ていった。

セフレーニアはフルートに何か話しかけた。少女はうなずいて、笛を唇に当てた。頭がぼうっとしてくるような、不思議なけだるい曲が流れてきた。

教母は樽の上に身を乗り出し、片手に壺を、片手にゴブレットを持ってスティリクム語を唱えた。壺とゴブレットの中身を樽の中に注ぐ。壺に入っていた刺激臭のあるスパイスと、ゴブレットに入っていたラヴェンダー・サンドのような粉末が混じり合い、たちまちふくれ上がった。壺とゴブレットにはまだたっぷりと中身が残っている。スパイスと粉末は混じり合って輝きはじめ、たちまち室内は、壁といわず天井といわず、星とも蛍とも見える光の粒でいっぱいになった。セフレーニアはさらに壺とゴブレットの中身を注ぎつづけている。中身はいつまでたってもちっとも減らないように思えた。

樽をいっぱいにするのに半時間近くかかった。

「さあ、これだけあればいいでしょう」ようやくセフレーニアが作業の終わりを告げた。

目は輝く光に満たされた樽を覗きこんでいる。

オーツェルは息を詰まらせたような声を上げた。

教母は二つの容器をテーブルの端と端に置いた。

「この二つは絶対に混ぜないでください。火に近づけるのもいけません」

「どうしようって言うんです」ティニアンが尋ねる。

「シーカーを追い払うのですよ。この樽の中のものにナフサと松脂を混ぜ、投石機に装《そう》塡《てん》します。それに火を点《つ》けて、ゲーリック伯爵軍に射ちこむのです。火の玉が飛んでくれば、敵は一時的にせよ退却するでしょう。もっとも、最大の狙いはそんなことではありません。シーカーの呼吸器官は人間とかなり違っています。この燃える煙は人間にも有害ですが、シーカーにとっては致命的なのです。慌てて逃げ出すか、うまくすれば死んでしまうでしょう」

「それはなかなか心強いお言葉だ」ティニアンが言った。

「それほど邪悪なことだったでしょうか、猊下。これは猊下の命を救うことにもなるのですよ」

オーツェルは困惑の表情を浮かべていた。

「スティリクムの魔法というのは、ずっとまやかしじゃと思っておった。だが今この目で見たことは、単なるまやかしでできることではなさそうじゃ。わしは祈りによって主のお導きを得ようと思う」

「あまり時間はかけられないんじゃないかと思いますよ、猊下」カルテンが言う。「主が答えてくださるまで待ってたら、カレロスに着いたときには、アニアス総大司教の足に口づけするのにちょうど間に合ったなんてことになりかねませんからね」

「そうはさせん」アルストロムが厳しい顔で言い放った。「門外の敵は兄上の問題ではなく、わたしの問題なのだ。申し訳ないが、歓待はここまでだ。都合がつき次第、全員ここから出ていってもらう」

オーツェルは息を呑んだ。

「アルストロム！　ここはわしの家じゃ。わしはここで生まれたのじゃぞ」

「だが父上はそれをわたしに遺《のこ》された。兄上の居場所はカレロスの大聖堂のはず。すぐにそこへおいでになるよう忠告する」

6

「この城でいちばん高い場所へ行きたいのですが」カダクの大司教が足音荒く部屋を出ていってしまうと、セフレーニアが言った。

「それならば北の塔だな」

「そこから包囲の軍勢は見えますか」

「うむ」

「けっこう。その前にまず、これをどう扱うか兵士の方々に指示を与えておかないと」教母はそう言って樽《たる》を指差した。「さあみなさん、ぽかんと突っ立っていないで、この樽を運んでください。ただし落としたり火のそばを通ったりしては、絶対にいけませんよ」

投石機を操作する兵士たちへの指示はごく簡単なもので、粉とナフサと松脂《まつやに》を混ぜる割合を説明しただけだった。

「ここからが大切ですから、よく聞いてください。身の安全のためです。ナフサには最後の瞬間まで火を点《つ》けてはいけません。もし煙が自分のほうに流れてきたら、息を止めて逃げ出しなさい。絶対に煙を吸わないように」

「吸ったら死にますか」兵士の一人が怯《おび》えた顔で質問した。

「いいえ。ただ気分が悪くなって、頭が混乱します。鼻と口を濡れた布で覆えば、多少は役に立つでしょう。北の塔から男爵が合図しますから、それを待って攻撃を始めてください」教母は風向きを確かめた。「火を点けたら、土手道の北側に射ちこんでください。川にいる船にも射ちこむのを忘れないように。それではアルストロム男爵、塔へまいりましょうか」

ここ数日ずっとそうだったように、空には雲が垂れこめ、北の塔の矢狭間《やざま》からは冷たい風が吹きこんでいた。純粋に防御のための建物であるため、塔は実用一辺倒の造りになっていた。ゲーリック伯爵の包囲軍がまるで蟻《あり》のように見える。小さな人間たちの着ている甲冑が、弱い光の中で白目《ピューター》の色に輝いていた。これほどの高みにいるというのに、時おりクロスボウの矢が飛んできて、風雨にさらされた石壁に当たる音が聞こえた。

「気をつけて」門前にひしめいている敵の軍勢を見ようと矢狭間から外を覗《のぞ》いたセフレーニアに、スパーホークが注意した。

「心配は要りません。わたしの女神が守ってくださいます」白いローブに風をはらませながらセフレーニアが答える。

「女神を信じるのはご自由ですが、あなたの安全はわたしの責任ですのでね。もし怪我でもされたら、ヴァニオンにどんな目に遭《あ》わされることか」

「しかもまっ先にやられるのはおれなんですから」とカルテン。

セフレーニアは矢狭間の前から退き、引き結んだ唇に指を当てた。

「その怪物というのを追い払わねばならんのはわかるが、失礼ながら、ゲーリックの軍勢を一時的に遠ざけただけでは意味がなかろうと思う。煙が晴れればすぐに戻ってくるだろうし、それでは兄を逃がすどころではない」

「思ったとおりに運べば、向こうは何日か戻ってこないでしょう」

「その煙はそんなに強力なのか」

「いいえ。一時間かそこらで晴れるはずです」

「その程度の時間では脱出することはできん。なぜゲーリックが戻ってきて、ふたたび包囲を続けないと言えるのだ」

「とても忙しくなっているでしょうから」

「忙しく？　何に忙しくなると言うのだ」

「人を追いかけるのにです」

「それは誰のことだ」

「あなたと、わたしと、スパーホークと、その仲間と、お兄様と、それにかなりの数の兵士たちです」

「その手はどんなものかな」アルストロムは批判的だった。「この城の守りは堅い。その利点を捨てて、命を落とす危険のある戦闘に臨《のぞ》むというのは」

「すぐに城を出ようとは思っていません」

「しかしたった今——」

「ゲーリックとその軍勢は、わたしたちを追いかけているつもりで、実際には幻影を追いかけているのです」教母は小さく微笑んだ。「幻影は最高の魔法の一つです。目と心を騙《だま》して、実際にはそこにないものをあると信じこませます。敵はわたしたちが混乱に乗じて逃げ出そうとしていると思いこんでしまうでしょう。ゲーリックが全軍を率いて幻影を追いかけている間に、わたしたちは悠々と脱出して、お兄様を安全な場所までお連れできるというわけです。地平線に見えるあの森は大きいのでしょうか」

「何リーグか続いている」

「けっこう。幻影でゲーリックをあそこに誘いこみ、何日か森の中を探しまわってもらいましょう」

「ちょっと待ってください、セフレーニア」スパーホークが口をはさんだ。「煙が晴れたらすぐにシーカーが戻ってきやしませんか。あいつは幻影には騙されないんでしょう」

「シーカーはまず一週間は戻ってこないと思います。とても重い病気になっているはずですから」

「もう投石機に合図をしてもいいのかな」アルストロムが尋ねた。

「待ってください。その前にやることがあります。タイミングが重要なのですよ。ベリット、桶《おけ》に水を汲《く》んできてください」

「はい、教母様」見習い騎士は階段に向かった。

「さて、それでは始めましょうか」セフレーニアは聖騎士たちに呪文を教えはじめた。スパーホークがはじめて耳にするスティリクム語の単語もあり、教母はそうした単語の発音と抑揚が完全なものになるまで何度も練習させた。カルテンが加わろうとすると、すぐにセフレーニアの声が飛んだ。「おやめなさい」

「おれだって手伝えますよ」

「あなたが魔法に不向きなのは知っています。いいからはずれていなさい。では皆さん、もう一度」

全員の発音に満足すると、セフレーニアはスパーホークに呪文を編み上げるよう命じた。スパーホークが呪文を唱え、指を動かしはじめる。部屋の中央にどこかぼんやりとした、だが明らかにパンディオン騎士団の黒い甲冑《かっちゅう》とわかるものを着た人間の姿が現われた。

「顔がついてないぞ、スパーホーク」カルテンが指摘する。

「それはわたしがやります」セフレーニアが二つの単語を唱え、鋭い身振りをした。

スパーホークは目の前の像を見つめた。まるで鏡を見ているようだ。

セフレーニアは顔をしかめた。

「どうかしたんですか」とカルテン。

「よく知っている顔だったり、目の前に本人がいたりすれば簡単ですが、城じゅうの人間の顔を見てこれをやらなくてはならないとすると、何日もかかってしまいます」

「これが役に立つかな」タレンが教母にスケッチブックを手渡した。

セフレーニアはページをめくっていった。その目がだんだんと丸くなる。

「この子は天才ですよ！　クリク、シミュラに戻ったら画家に弟子入りさせることです。それでこの子の問題は解決するでしょう」

「こんなのただの趣味だよ」タレンは顔を赤らめた。

「自分でもわかっているでしょう。絵描きとしてのあなたの才能は、泥棒の才能よりもはるかに上です。そうは思いませんか」

タレンは瞬きして、何か考えこむような顔つきになった。

「では次はティニアンの番です」セフレーニアはデイラ人に声をかけた。

全員が自分の鏡像を作ってしまうと、セフレーニアは先に立って中庭を見下ろす矢狭間の前に移動した。

「大規模な幻影はあそこに作ることにします。この部屋では少し狭いですからね」

中庭に武装して馬に乗った幻影の兵士たちの一団を作り出すのには、一時間ほどかかった。それがすむとセフレーニアはタレンのスケッチブックを参考にして、一人一人に顔をつけていった。教母が腕を大きく一振りすると、聖騎士たちの幻影も中庭の幻影に加わった。

「ぜんぜん動かないじゃないですか」カルテンが言った。

「そこはフルートとわたしが面倒を見ます。みんなしっかりと意識を集中して、幻影が崩れるのを防ぐのです。向こうの森に着くまでは、今の姿を保っていなくてはなりません」

スパーホークはもう汗をかきはじめていた。呪文を編み上げて解き放つのはさほど難しいことではないが、解き放った呪文を維持していくのはまったく話が違う。セフレーニアがどれほどの重荷に耐えているのか、初めていくぶんなりと理解できたような気がした。

時刻はもう早朝になっていた。セフレーニアは矢狭間からゲーリック伯爵の部隊を見つめた。

「どうやら準備はできましたね。では男爵閣下、投石機に合図をお願いします」

男爵は剣帯の下から赤い布を取り出し、矢狭間の外で上下に振った。眼下で投石機が音を立て、燃える弾丸を壁越しに包囲軍の中へ発射しはじめた。川にいる船を狙っている投石機もある。これだけの距離を隔てながら、スパーホークには兵士たちが息を詰らせて咳《せ》きこむ音が聞こえた。ナフサと松脂とセフレーニアの粉末を混ぜて火を点けた弾丸からは、ラヴェンダー色の煙がもくもくと上がっている。煙は城の前の平地に広がり、一面にあの蛍のような輝きを広げていた。やがて煙はゲーリックとアダスとシーカーの立っている丘を包みこみはじめた。獣の咆哮《ほうこう》するような声が聞こえ、黒いローブのシーカーは煙から飛び離れると、懸命に馬を駆って逃げ出した。鞍の上の身体はぐらぐらと揺れ、鉤爪《かぎづめ》になった青白い手がフードをしっかり顔の前で押さえているのが見える。城門から延びる道を固めていた兵士たちが煙の中からよろめき出てきた。誰もが激しく咳きこんでいる。

「そろそろいいでしょう。跳ね橋を下ろしてください」

アルストロムはふたたび、今度は緑色の布で合図を送った。一瞬後、跳ね橋が大きな音とともに下ろされた。

「さあ、フルート」セフレーニアは早口でスティリクム語を唱えはじめた。少女も笛を唇に当てる。

ぴくりとも動かずに中庭に待機していた幻影の兵士たちに、いきなり生命が吹きこまれたかのようだった。全員が疾駆《ギャロップ》で門を駆け抜け、煙の中へと突っこんでいく。セフレーニアはベリットが汲んできた水の上に手をかざし、じっとその表面を見つめた。

「そのままですよ。幻影を維持するのです」

ゲーリックの兵士が五、六人、咳きこみ、嘔吐《おうと》し、目を掻《か》きむしりつつ、土手道を城から離れようとした。幻影の騎馬隊がその中へまっすぐ突っこんでいく。兵士たちは悲鳴を上げて逃げまどった。

「まだ大丈夫。ゲーリックの頭がはっきりして状況を見極められるようになるまで、まだしばらくかかるでしょう」

驚いたような叫びが上がり、命令をがなり立てる声が下から響いてきた。

「もう少し速度を上げましょう、フルート」セフレーニアは落ち着き払っている。「幻影がゲーリックに追いつかれるのは避けないと。男爵の身体を矢が素通りしたのでは、いくら何でも怪しまれるでしょうからね」

アルストロムは畏怖《いふ》の表情でセフレーニアを見つめていた。

「まさかこんなことができるなんて」声が震えている。

「なかなか悪くないでしょう。完全にうまくいくという自信はなかったのですが」

「というと——」

「はじめて使う魔法だったのですよ。でも実際にやってみなくては身につきませんから」

眼下の平原では、ゲーリックの部隊があわてて馬に飛び乗るところだった。追跡は統率が取れておらず、誰もがばらばらに馬を走らせ、武器を振りまわしていた。

「跳ね橋が下りているのに攻めこもうともしない。まるで素人《しろうと》だ」アラスが非難がましくつぶやいた。

「今ははっきりとものを考えることができないのです。これも煙の作用ですよ。もう誰も残っていませんか」

「まだうろうろしてるのがいます」カルテンが答えた。「馬をつかまえようとしてるみたいですね」

「全員いなくなるまで待ちましょう。そのまま幻影を維持してください」セフレーニアはさらに水鏡を覗きこんだ。「まだ森まで数マイルあるようですね」

スパーホークは歯を食いしばった。

「もう少し速度を上げられませんか。こいつはひどくこたえるんですよ」

「貴重な成果は簡単には手に入らないものです。幻影の馬が空を飛んだりしたら、ゲーリックは非常に疑わしく思うことでしょう。たとえ頭がはっきりしていない状態にあっても」

「ベリット」クリクが声をかけた。「タレンといっしょに来い。下へ行って馬の準備をしておこう。急いで出発したいからな」

「わたしも行こう」アルストロムが言った。「出発の前に兄と話し合っておきたい。怒らせてしまったようだが、こんなことで不仲になるのはばかばかしいからな」

四人はそろって階段を下りていった。

「あと数分の辛抱ですよ。森の端に差しかかりました」

「川にでも落ちたみたいだぜ」カルテンが汗まみれになったスパーホークの顔を見て言った。

「黙ってろ」スパーホークが苛立たしげに答える。

「着きました。放していいですよ」とうとうセフレーニアが言った。

スパーホークはすさまじい勢いで安堵《あんど》のため息をつき、呪文を解放した。フルートは唇から笛を離し、騎士に片目をつぶって見せた。

セフレーニアはまだ水鏡を覗きこんでいる。

「ゲーリックは森の端から一マイルほどのところです。もっと森の奥まで引きずりこんでから出発したほうがいいでしょう」

「好きなようにしてください」スパーホークはぐったりと壁に寄りかかった。

セフレーニアが水鏡を床に置いてまっすぐに立ち上がったのは、それから十五分ほどあとのことだった。「そろそろいいでしょう」

中庭へ下りていくと、クリクとタレンとベリットが馬を引いて待っていた。唇を引き結んで怒りに顔を青ざめさせたオーツェル大司教もいっしょにいる。弟のアルストロム男爵がその肘《ひじ》を取っていた。

「覚えておれよ、アルストロム」大司教はそう言って、高位の聖職者用の黒いローブをしっかりと身体に巻きつけた。

「時間が経てば見方も変わってくるだろう。神のご守護があらんことを、オーツェル」

「神がともにあらんことを、アルストロム」オーツェルの返事は心からの言葉ではなく、習慣的なものにすぎないようにスパーホークは感じた。

一行は馬に乗り、門を抜け、跳ね橋を渡った。

「どっちだ」カルテンが尋ねる。

「北だ」とスパーホーク。「ゲーリックが戻ってくる前にこの地を出たい」

「まだ何日も先の話だぜ」

「危険は冒したくない」

一行は疾駆《ギャロップ》で北へ向かった。午後遅くになって、はじめてサー・エンマンと出会った浅瀬に着いた。スパーホークは手綱を引き、馬を下りた。

「ここからどう行くかだな」

「城ではいったい何をしたのかな」オーツェルがセフレーニアに尋ねた。「わしは聖堂にいたので、何があったのか見ておらんのじゃ」

「ちょっとした陽動作戦です、猊下」セフレーニアが答えた。「ゲーリック伯爵は、弟さんとわたしたちが逃げ出すのを見たと信じこんで、それを追いかけていきました」

「それだけかね」大司教は驚いたようだった。「つまり誰も――」と言いよどむ。

「殺さなかったのか、と？　そのとおりです。わたしは人を殺すことに強く反対します」

「何にせよ、その点はわしも同意できる。何とも変わった女性じゃな。そなたは真理の道が教える道徳観と、ごく近いものを持っておるようじゃ。異教徒がそのような考え方をするとは思っておらなんだ。改宗を考えたことはないのかな」

　セフレーニアは笑った。

「あなたもですか、猊下。ドルマントも、もう何年もわたしを改宗させようとしているのです。その気はありませんよ、オーツェル。わたしは女神に忠誠を誓いつづけます。それに今から宗旨変えをするには、いささか歳を取りすぎているようです」

「歳を取りすぎている？　そなたが？」

「聞いても信じられないと思いますよ、猊下」スパーホークが口をはさんだ。

「ずいぶんいろいろと考えることができたようじゃ」とオーツェル。「わしは今まで教会の教義に忠実に生きてきたつもりじゃったが、少しばかり自分の理解を再検討して、神のお導きを祈るべきなのかもしれん」大司教は少し上流のほうに移動して、難しい顔で考えこんだ。

「一歩前進かな」カルテンがスパーホークにささやく。

「大きな一歩だと思うぞ」

と、浅瀬の手前に立って西方を見ながら何か考えていたティニアンが話しかけてきた。

「一つ考えたことがあるんだ、スパーホーク」

「聞かせてくれ」

「ゲーリックと兵隊たちはみんなで森を捜索してるし、セフレーニアの言うとおりなら、シーカーは少なくとも一週間は追ってこられないわけだ。つまり川の向こうには、敵と言えるようなものはいないことになる」

「まあそうだな。そう断定するのは、よくあたりを調べてからにしたほうがいいとは思うが」

「確かにそのほうが安全だな。つまりおれが言いたいのは、もし川向こうに敵の大部隊がいないなら、誰か二人が猊下をカレロスまで送り届けて、残りはランデラ湖への旅を続けてもいいんじゃないかってことだ。平穏な旅が期待できるなら、何も全員で聖都へ向かうことはない」

「それはいい考えだ」カルテンも賛成する。

「考えてみよう」スパーホークが言った。「とにかく川を渡って、あたりをよく調べてから結論を出そうじゃないか」

一行はふたたび馬に乗り、水を跳ね飛ばして対岸に渡った。川から上がったところに深い茂みがあるのを見て、カルテンが言った。

「もうすぐ暗くなるぞ。どのみち野営をしなくちゃならないんだから、あの茂みで一晩過ごしちゃどうかな。すっかり暗くなったら外に出て、焚《た》き火を探せばいい。敵がいるとすれば、夜にはかならず火を焚くに決まってるからな。明日になって川岸を上流から下流まで走りまわるより、このほうがずっと簡単に敵を確認できると思うんだが」

「名案だ。それでいこう」

その夜は茂みのまん中で野営して、火も調理用に小さなものを熾《おこ》すにとどめた。食事が終わったころ、夜の帳《とばり》がラモーカンドの地を包んだ。スパーホークは立ち上がった。

「よし、じゃああたりを探ろう。セフレーニア、あなたと子供たちは猊下といっしょに、ここで見つからないようにしていてください」

スパーホークは残りの者たちを率いて茂みを抜け、外に出ると散開した。全員が闇の中で懸命に目を凝《こ》らしている。月と星々は雲に隠れていて、あたりはほとんど真の闇だった。

スパーホークは茂みの周囲をぐるりと回った。反対側まで来たとき、カルテンと行き合った。

「ブーツの中よりまっ暗だぜ」

「何か見えたか」

「ちらりとも。ただ、この茂みの向こうに丘がある。クリクが上からあたりを見てくるそうだ」

「わかった。クリクの目は信用できる」

「おれもそう思ってるよ。どうして騎士にしてやらなかったんだ。率直に言って、たいていの連中よりよほど腕が立つじゃないか」

「アスレイドに殺されちまう。あれは騎士の妻なんてがらじゃない」

カルテンは笑って、闇の中に目を凝らししつつ進みつづけた。

「スパーホーク」さほど遠くないあたりでクリクの声がした。

「こっちだ」

従士が近づいてきた。

「けっこう高い丘でしてね」息を切らしている。「見えたのは村の明かりだけでした。一マイルかそこら南です」

「本当に野営の焚き火じゃなかったろうな」カルテンが確認する。

「焚き火の光と、いくつもの窓から洩れるランプの光じゃ、ぜんぜん違いますよ」

「そりゃそうだな」

「こんなものだろう」スパーホークは指を口に当てて鋭い口笛を吹いた。野営地に戻る合図だ。

「それで、どうする」茂みの中をがさがさと突っきって野営地に向かいながら、カルテンが尋ねた。料理に使った火がほの暗く、闇の中のかすかな赤い輝きとなって見えている。

「猊下の判断に任せよう。危険にさらされるのは猊下の首なんだから」茂みに囲まれた野営地に戻ると、スパーホークはフードをうしろに押しのけ、大司教に話しかけた。

「決めなくてはならないことがあります、猊下。あたりにはどうやら敵の姿はなさそうで、全員が猊下を護衛しなくても、二人いればじゅうぶん安全にカレロスまで送り届けられるという提案がサー・ティニアンからありました。アニアスを総大司教の座から遠ざけるためにも、ベーリオンの探索を遅らせるわけにはいきません。全員が護衛につくか、二人だけにするか、猊下に決めていただきたいのです」

「わし独りでもカレロスまでは行けるじゃろう、サー・スパーホーク。弟は心配のしすぎじゃ。法衣一枚でもじゅうぶんにこの身を守ってくれよう」

「それに賭ける気にはなれませんね、猊下。追ってきているものがいるという話は覚えておいでですか」

「うむ。シーカーとかいったな」

「そうです。その怪物はセフレーニアが作り出した煙のせいで今のところ動けなくなっていますが、いつまでその状態が続くかはわかりません。ただ、そいつは猊下を狙っているわけではない。もし襲ってきたら、逃げてください。猊下のあとを追ってくることはないはずです。一方、現在の状況ではティニアンの提案も理にかなっています。猊下の安全を確保するには、二人の騎士でじゅうぶんでしょう」

「そなたがいいと思うようにするがよい」

話をしているうちにほかの者たちも戻ってきていて、ティニアンが即座に名乗りを上げた。

「いけません」セフレーニアがティニアンに反対した。「死霊魔術に通じているのはあなただけです。ランデラ湖に着いたら、すぐにあなたの力が必要になります」

「わたしが行きましょう」とベヴィエ。「足の速い馬がいますから、湖で追いつけます」

「わたしも同行します」クリクが名乗り出た。「厄介なことになったとき、そっちに騎士がいたほうがいいでしょう」

「おまえと騎士じゃあ、大した違いはないさ」とスパーホーク。

「わたしは甲冑を着けていませんからね。槍を構えて突進してくる聖騎士の姿は、敵に自分の命のことを考えさせる効果があるんです。きっと無用な戦いが避けられるでしょう」

「クリクの言うとおりだ」カルテンが賛成した。「またゼモック人や教会兵と出くわしたときに、鋼鉄の鎧《よろい》を着てる人数は多いほうがいい」

「わかった」スパーホークはオーツェルに向き直った。「猊下のご意向に逆らいましたこと、お詫《わ》び申し上げます。ただ、ほかに取るべき道はなかったと思います。弟御の城にずっと足止めされていたら、われわれの使命も失敗していたでしょう。それは教会にとって、あってはならないことです」

「いまだ完全に認めたわけではないが、そなたの立場もわからんではない。謝るには及ばん」

「ありがとうございます、猊下。どうぞお寝《やす》みください。明日は長いこと馬に揺られることになるでしょうから」スパーホークは火のそばを離れ、鞍袋の中をかきまわして地図を引っ張り出した。ベヴィエとクリクを手招きして、「明日は真西へ向かえ。暗くなる前に国境を越えてペロシアに入るんだ。それから国境線に沿って南下して、カレロスに行けばいい。いくら過激なラモーカンド兵でも、国境を越えてペロシアの国境警備隊と衝突する危険までは冒さないだろうからな」

「妙案ですね」ベヴィエも同意した。

「カレロスに着いたらオーツェルを大聖堂に届けて、ドルマントに会いにいってくれ。こっちで起きてることを説明して、ヴァニオンとほかの騎士団長たちにも伝えてもらうんだ。奥地で起きてる小競合《こぜりあ》いはマーテルが裏で糸を引いているものだから、絶対に教会騎士団を派遣しようなどとは考えるなと釘を刺しておいてくれ。クラヴォナス総大司教が亡くなったときには、四騎士団がカレロスに駐在している必要がある。それを聖都からおびき出そうとするのは、これまでずっとマーテルがやってきたことなんだ」

「かならず伝えます」ベヴィエが言った。

「できるだけ急いで行ってきてくれ。猊下は見たところかなり頑丈そうだから、少々無理をしても大丈夫だろう。少しでも早く国境を越えてペロシアに入れれば、それにこしたことはない。時間を無駄にするな。ただ、じゅうぶんに気をつけてな」

「任せといてください」クリクが請《う》け合った。

「できるだけ急いでランデラ湖へ駆けつけます」とベヴィエ。

「金は足りるか」スパーホークは従士に尋ねた。

「何とかなります」クリクはにっと笑った。白い歯が薄暗い光にきらめいた。「それにドルマントは古い友だちですからね。気前よく貸してくれますよ」

スパーホークは笑い声を上げた。

「じゃあもう寝るんだ、二人とも。明日はオーツェルを連れて、夜明けとともに出発してもらいたい」

翌朝は誰もが夜明け前から起きだして、カダクの大司教の左右を固めたベヴィエとクリクを見送った。スパーホークは料理の火明かりで地図を確かめた。

「一度浅瀬の向こうに戻ろう。その東にもっと大きな川があるから、橋を探さなくてはならないだろう。北へ行く手だな。ゲーリック伯爵の巡邏《じゅんら》隊なんかに見つかりたくはない」

朝食をすませると、一行は水を跳ね飛ばして向こう岸に渡り、馬首を北へ向けた。東の空がぼんやりと明るくなり、どこか厚い雲の向こうで日が昇ったことを示していた。ティニアンがスパーホークの横に並んだ。

「こういう言い方は何だが、できればオーツェルには選挙に勝ってほしくないな。オーツェルが総大司教の座に就いたら、教会にとっても騎士団にとっても、いやな時代が始まりそうな気がする」

「オーツェルは誠実な男だ」

「それは認めるけど、頭が固すぎる。総大司教には柔軟性が求められるんだ。時代はつねに変わっているんだからな。教会もそれとともに変わっていかなくちゃならない。変化って観念は、あまりオーツェルの気には入らないだろうと思う」

「すべては聖議会が決めることだ。それにアニアスとどっちを取ると言われれば、迷うことなくオーツェルを取る」

「それは言うまでもないことだな」

午前中なかばになって、一行はやはり北に向かうみすぼらしい旅の鋳掛《いか》け屋の、ぐらぐらする荷車を追い越した。

「何か面白い話はあるかね、ネイバー」スパーホークが声をかけた。

「あんまりないね、騎士殿」鋳掛け屋はむすっとした顔で答えた。「戦《いくさ》のおかげで商売あがったりだ。家が襲われてるってのに、鍋釜《なべかま》の穴の心配をする人はいないからねえ」

「そいつは確かだ。ところで、この先の川を渡りたいんだが、どこかに橋か浅瀬はないかな」

「何リーグか北に有料の橋があるよ。どっちへ行くんだね、騎士殿」

「ランデラ湖だ」

鋳掛け屋の目が輝いた。「宝探しかい？」

「何の宝だ」

「湖の古戦場に莫大な宝が埋まってるって話は、ラモーカンドじゃあ知らない者はいないよ。みんな五百年も前から掘り返しつづけてる。もっとも、出てきたのは錆《さ》びた剣と骸骨《がいこつ》くらいなもんだがね」

「どうして宝があるとわかったんだろうな」スパーホークは何気ないふうを装って尋ね

た。

「そいつが妙な話でね。おれの知ってるところじゃ、戦《いくさ》が終わっていくらも経たないころ、そこらを掘り返してるスティリクム人の姿が目につくようになったらしい。これがそもそも妙な話ってわけさ。つまり何だ、まずスティリクム人は金《かね》になんか興味を示さないだろう。それにシャベルを持ったりするのもひどく嫌がるのが普通だ。だいたいあいった道具は、どうもスティリクム人が持ってもしっくりこないからな。とにかくそんなわけで、みんな連中が何を探してるのか、不思議に思いはじめたわけさ。宝を探してるって噂が広まったのもそのころらしい。以来あのあたりの地面は、もう何百回となく掘り返されたもんだ。自分が何を探してるのかわかってるやつは一人もいないが、ラモーカンド人は誰でも、生涯に一度や二度はあそこへ行くんだよ」

「スティリクム人なら、何を探してるか知っているだろうに」

「たぶんね。でも話を聞き出せないんだ。誰かが近づくとたちまち逃げちまうから」

「妙な話だ。ああ、情報をありがとう。いい一日を」

鋳掛け屋のぎいぎい音のする荷車をあとに残して、一行は進みつづけた。

「やれやれだな」カルテンが言った。「おれたちより先にシャベル持参で駆けつけた連中がいたなんて」

「それもたくさんのシャベルだ」とティニアン。

「あの男の話にも、一つだけ役に立つところがあった」スパーホークが言った。「金のために居住地を離れるスティリクム人というのは、どう考えてもおかしい。スティリクム人の村を見つけて、聞いてみたいことがある。どうやらランデラ湖ではわれわれの知らないことが起きているらしい。不意討ちされるのは願い下げだからな」

7

教えられた有料の橋は幅が狭く、いささか修理が必要そうだった。橋の手前にみすぼらしい小屋が建っており、その前に腹を減らしているらしい子供たちがもの憂げに座っていた。橋番はぼろぼろのスモックを着て、やつれた顔に無精髭《ぶしょうひげ》を伸ばし、希望など何もないという表情をしている。騎士の甲冑《かっちゅう》をみると、男の目は失望に曇った。

「無料です」男はため息をついた。

「それじゃあ生活が立たないだろう、友人《フレンド》」カルテンが言った。

「地方の規則なんですよ。教会関係者は無料です」

「ここは人通りは多いのかい」ティニアンが尋ねる。

「週に数人です。やっと税金を払えるかどうかってところです。子供たちは、もう何カ月もまともな食事をしてないくらいで」

「このあたりにスティリクム人の村はないか」スパーホークが尋ねた。

「川の向こうにあったはずです。あそこの、あの杉林の中に」

「ありがとう、ネイバー」スパーホークは驚いている男の手の中に数枚の硬貨を落としてやった。「通行料をいただくわけにはいかないんですよ」

「これは通行料じゃない。情報代だ」スパーホークはファランに合図して、橋を渡りはじめた。タレンは橋番の横を通り過ぎるとき、身をかがめて何かを手渡した。「子供たちに何か食べさせてやってよ」

「ありがとう、お若い旦那」男は目に涙をにじませた。

「何をやったんだ」スパーホークが尋ねた。

「前に浅瀬で目つきの鋭いやつから盗んだ金さ」

「ずいぶん気前がいいじゃないか」

少年は肩をすくめた。

「金なんていつでも盗めるし、あの人と子供たちはおいらより金を必要としてたからね。何度か飢えた経験があって、どんなものだかよく知ってるんだ」

カルテンが鞍の中で身を乗り出し、スパーホークにささやいた。

「どうだい、こいつにも望みはありそうじゃないか」

「断定するのはまだ早い」

「とりあえずは第一歩だ」

川の対岸のじめじめした森には、緑の葉のついた大枝を低く垂らす苔《こけ》むした杉の古木が林立していた。その中を縫う道はほとんどそれとわからないくらいだ。

「どうです」スパーホークはセフレーニアに尋ねた。

「いますね。見張っています」

「村に近づいたら、みんなどこかに隠れてしまうんじゃないですか」

「おそらく。スティリクム人は武装したエレネ人を信用していません。でもせめて何人か、説得して出てきてもらうことはできるでしょう」

いかにもスティリクム人の村らしく、村の外観はぱっとしなかった。藁葺《わらぶ》き屋根の小屋が林間地にばらばらに散らばり、街路といえるようなものはない。セフレーニアが予見したとおり、村に人影はなかった。小柄な教母は身をかがめて、スパーホークにはわからないスティリクム語の方言でフルートに話しかけた。少女はうなずき、笛を上げると吹きはじめた。

最初は何も起こらなかった。

「木陰に何か見えたような気がする」しばらくするとカルテンが言った。

「臆病なんだね」とタレン。

「無理もないんだ。エレネ人にはひどいことをされてきてるんだから」

フルートは吹きつづけた。ややあって、晒《さら》していない手織りのスモックを着た白髭の老人が、おずおずと森の中から現われた。老人は胸の前で手を合わせ、うやうやしくセフレーニアに一礼してからスティリクム語で話しかけた。次にフルートを見て目を丸くし、こちらにも一礼した。少女はいたずらっぽい笑みを返した。

「ご老人、エレネ人の言葉はおできになりますか」セフレーニアが尋ねた。

「多少は親しんでおります」

「けっこう。この騎士たちが少しお聞きしたいことがあるそうです。そのあとわたしたちは村を去って、それ以上のご迷惑はおかけしません」

「できる限りお答えいたしましょう」

スパーホークは質問をはじめた。

「少し前に、旅の鋳掛《いか》け屋からおかしな話を聞きました。スティリクム人がランデラ湖の古戦場を、何世紀にもわたって掘り返しているというのです。宝を探しているのだとか。スティリクム人の行動としては、いささか妙な気がします」

「そのとおりです」老人は感情のこもらない声で答えた。「われわれに宝など必要ありません。それ以前に、死者の瞑《ねむ》る土地を荒らすようなことをするわけがありません」

「だろうと思いました。そのスティリクム人たちの正体ですが、見当はつきませんか」

「あれはわれわれの一族ではありません。われわれの忌避する神に仕える者たちです」

「アザシュですか」スパーホークが思いつきを口にすると、老人はかすかに青ざめた。

「その神の名を口にするつもりはありませんが、わたしの考えはそのとおりです」

「つまり、湖の周囲を掘り返しているのはゼモック人だと？」

　老人はうなずいた。

「ゼモック人がいることは何世紀も前から知っていました。穢《けが》れた民なので、われわれは近づきません」

「まったく同感ですよ」ティニアンが言った。「そのゼモック人たちが探しているものの見当はつきませんか」

「オサが神に捧《ささ》げようと切望している、古代の護符《タリズマン》です」

「さっきの鋳掛け屋の話だと、このあたりの者たちは莫大な宝が埋まっていると信じているそうですが」

　老人は微笑んだ。

「エレネ人は話に尾鰭《おひれ》をつけます。ゼモック人があれだけの労力を注ぎこんでたった一つの品物を探しているとは、信じることができないのでしょう。もっとも、そのたった一つの品物の価値は、全世界の宝の価値をすべて合わせたよりも大きいのですが」

「そう考えれば納得がいくな」とカルテン。

「エレネ人は黄金や宝石といったものにすさまじい欲望を示します。何を探しているのか自分たちでもわかっていないということは、じゅうぶんにあり得るでしょう。巨大な宝箱を期待しているのかもしれませんが、そんなものは見つかるはずがありません。すでに誰かがその品物を見つけて、価値もわからないままに打ち捨ててしまった可能性さえあるでしょう」

「いいえ、ご老人」セフレーニアが首を横に振った。「今おっしゃった護符はまだ見つかっていません。それが地上に現われれば、巨大な鐘を鳴らしでもしたかのように、全世界にそれと知れるでしょう」

「おっしゃるとおりかもしれません。みなさんもその護符を探して湖へおいでですか」

「そのつもりです。それにわたしたちの探求はいささか急を要するものなのです。何はともあれ、オサの信仰する神に護符が渡ることだけは防がねばなりません」

「ではわたしの信仰する神に、みなさんの成功を祈ることとしましょう」老人はスパーホークに目を戻した。「エレネ教会の長はどのようなご様子ですか」

「総大司教は老齢で、健康も衰えています」スパーホークは正直に答えた。

老人は嘆息した。

「それを恐れていたのです。スティリクム人の祈りなど受け入れる方ではないでしょうが、それでもわたしの神に長寿をお祈りしておきましょう」

「かくありますように《アーメン》」アラスがつぶやく。

白髭のスティリクム人はわずかに言いよどんだ。

「噂によると、シミュラという街の司教がエレネ人教会の次の長になりそうだとか」

「それはいささか誇張が過ぎます」スパーホークが答えた。「アニアス司教の野望を不愉快に思っている者も、教会にはたくさんいます。シミュラの司教の野望を阻《はば》むのも、われわれの目的の一つなのです」

「ではそのためにも祈りましょう。アニアスがカレロスの玉座につけば、スティリクム人にとっては災厄です」

「誰にとっても災厄だ」アラスが低くつぶやいた。

「スティリクム人にとっては生きるか死ぬかの問題です。シミュラのアニアスがわれわれの民をどう思っているかは、広く知られていますから。エレネ教会の権威はわれわれに対する一般信徒の憎しみを抑えてきましたが、玉座にアニアスが座ることになれば、そんな制限は撤廃してしまうでしょう。そうなればスティリクムの民はおしまいです」

「どんなことをしても、あの男が総大司教になることだけは阻止するつもりです」スパーホークはきっぱりと言い切った。

老スティリクム人は一礼した。「スティリクムの若き神々が皆さんを守ってくださいますよう」そう言って、さらにセフレーニアとフルートにも頭を下げる。

「では出発しよう。われわれがいると村の人たちが戻ってこられない」スパーホークが言った。

一行は村を出て、森に戻った。

「戦場を掘り返してるのはゼモック人だったわけか。イオシアじゅうに入りこんでるんだな」とティニアン。

「すべてオサの計画の一部だということは、何世代も前から知られていました」とセフレーニア。「たいていのエレネ人には、西のスティリクム人とゼモック人の区別がつきません。オサは西のスティリクム人とエレネ人が和解したり、連携したりすることを望みませんでした。だから狙いすました残虐行為を何度か行なうことでエレネ人の大衆の怒りに火を点《つ》け、スティリクム人は残酷だという噂を広めたのです。何世紀にもわたる対立と虐殺の原因は、すべてここにあるのです」

「二つの民が和解すると、どうしてオサが困るんです」カルテンはわけがわからないようだった。「大陸の西方には脅威になるほどの数のスティリクム人はいないし、どうせ鋼鉄の武器には触れないんだから、また戦争が起きたとしても役には立たないでしょうに」

「スティリクム人は鋼鉄の武器で戦うのではなく、魔法で戦うのですよ。スティリクムの魔術師は、聖騎士よりもずっとたくさんの魔法を知っています」

「ゼモック人がランデラ湖の周辺にいるというのはいい前兆だ」ティニアンが言った。

「どうして」とカルテン。

「連中がまだそこらを掘り返しつづけてるってことは、ベーリオンが発見されてない証拠だ。おれたちが正しい場所に向かってるって証拠でもある」

「それはどうかな」アラスが反論した。「五百年のあいだベーリオンを探しつづけてもまだ見つからないということは、ランデラ湖という場所が間違っているのかもしれない」

「どうしてゼモック人はおれたちみたいに死霊魔術を試さなかったんだ」カルテンが尋ねる。

「サレシア人の魂はゼモック人には何も語らない」アラスが答えた。「おれには話してくれるだろうが、ほかの者はだめだ」

「おまえがいてくれてよかったよ」ティニアンが言う。「さんざん苦労して幽霊を起こしておいて、何もしゃべってくれないんじゃたまらないからな」

「死霊とはおれが話す」

「シーカーのことを尋ねませんでしたね」スパーホークがセフレーニアに言った。

「必要ありません。あの人を怯《おび》えさせるだけです。それにもしこのあたりにシーカーがいると村人たちが知ったら、全員で村を捨ててしまうでしょう」

「警告だけでもしておいたほうがよかったのでは」

「いいえ、スパーホーク。ただでさえ苦労の絶えない生活なのです。放浪など始めたら、それがもっとひどくなります。それにシーカーが探しているのはわたしたちであって、村人たちに危険はありません」

森の端まで来たのは午後も遅い時刻だった。一行は足を止め、一見何もなさそうな野原を眺めた。

「今夜は森の中で野営しよう」スパーホークが言った。「あそこは開けすぎている。できるだけ火を見られないようにしたい」

一行はしばらく森の中を引き返し、その夜の野営地を設営した。カルテンが森の端で見張りに立ち、あたりが暗くなるとすぐに戻ってきた。

「その火はもう少しうまく隠したほうがいい。森の外から見えるぞ」

「わかりました、サー・カルテン」若い見習い騎士のベリットはシャベルを手に取り、小さな焚《た》き火のまわりにさらに土を積み上げた。

「この辺にいるのはおれたちだけじゃないぜ」カルテンは真剣な顔でスパーホークに報告した。「一マイルほどの範囲に、いくつか火が見えたんだ」

「見にいこう」スパーホークはティニアンとアラスにも声をかけた。「朝になったら迂《う》回《かい》して進めるように、位置をしっかり覚えておくんだ。たとえシーカーがあと数日は動けないとしても、われわれを湖から遠ざけようとする者はほかにもいるからな。いっしょに来るか、カルテン」

「おれはいい。食事がまだなんだ」

「火が見えたって場所まで案内してもらいたいんだがな」

「見落としっこないさ」カルテンは早くも自分の器《うつわ》に盛りつけをはじめていた。「火を焚いたやつは、たっぷりの明かりが必要だったらしい」

三人で森の中を歩きはじめると、ティニアンが口を開いた。

「あの男、ずいぶん食い気が旺盛《おうせい》だな」

「ああ、大食いなんだ。身体がでかいから、たっぷり食わないともたないんだろう」

森を出はずれたところに見える火は、たしかに見落としようがなかった。スパーホークは注意深くそれらの位置を記憶にとどめた。

「北寄りに進んだほうがいいな。野営地はあのあたりに固まってるから、もうしばらく森の中を行って、やり過ごしたほうがいいかもしれない」

「おかしい」アラスが言った。

「どうした」とティニアン。

「焚き火と焚き火のあいだが、どれもあまり離れてない。顔見知りなら、どうしていっしょに野営しない？」

「反目し合ってるんだろう」

「だったらどうしてあんなに固まってる」

ティニアンは肩をすくめた。「ラモーク人のすることなんて、誰にわかる」

「今夜のところはどうしようもない」スパーホークが言った。「戻ろう」

スパーホークが目覚めたのは夜明けの直前だった。ほかの者たちを起こしにいくと、ティニアンとベリットとタレンがいなくなっていることがわかった。ティニアンがいないのは問題ない。森の端で見張りに立っているのだ。しかし見習い騎士と少年は、ほかに行くところなどないはずだった。スパーホークは悪態をつき、セフレーニアを起こしにいった。

「ベリットとタレンがいません」

教母は闇の中に沈んだ野営地を見まわした。

「明るくなるまで待つしかありませんね。それまでに戻ってこなかったら探しにいきましょう。焚き火を掻《か》き立てて、やかんを火のそばに置いておいてください」

東の空が白みはじめたころ、ベリットとタレンが戻ってきた。二人とも興奮して、目を輝かせている。

「おまえたち、どこへ行っていた」スパーホークが怒気を含んで尋ねる。

「好奇心を満たしにさ。お隣さんに挨拶してきたんだ」タレンが答える。

「説明してもらえるかな、ベリット」

「森の外の焚き火に忍び寄って、野営している連中を見てきたんです、サー・スパーホーク」

「許可もなしにか」

「眠ってたからね。起こしたくなかったんだよ」タレンが急いで答える。

「連中はスティリクム人でした。少なくとも一部はスティリクム人で、ほかにラモーク人の農民も混じっています。別の焚き火のそばにいるのは教会兵でした」

「西のスティリクム人かゼモック人か、わかったか」

「わたしも見ただけでは区別できませんが、あの連中は剣と槍を持っていました」ベリットは顔をしかめた。「これはただの感じなんですが、どうもみんな表情が虚《うつ》ろだったような気がします。エレニアで襲ってきた者たちの虚ろな顔、覚えておいででしょう」

「うむ」

「森の外にいる連中も、どこかそんな感じがあるんです。互いに話もしなければ、眠りもしません。見張りも置いていません」

「どうです、セフレーニア」スパーホークは教母に声をかけた。「シーカーが思ったよりも早く回復したんでしょうか」

「いいえ」教母は眉をひそめて答えた。「その者たちはシーカーがシミュラへ行く前に配置していったのでしょう。与えられた命令には従いますが、シーカーがいなければ新しい状況には対応できないはずです」

「われわれを見たら気づくでしょうね」

「ええ。シーカーがわたしたちのことを頭に植えつけていったはずですから」

「見つけたら攻撃してくるでしょうか」

「当然でしょう」

「では移動することにします。今の場所はちょっと近すぎて、不安が残ります。すっかり明るくならないうちに見知らぬ土地で馬を駆けさせたくはないのですが、この状況では——」それから厳しい顔でベリットに向き直り、「情報には感謝する。だがわたしに何も言わずに出かけるべきではなかったし、タレンを連れていったのはもってのほかだ。おまえやわたしは一定の危険に対して報酬を得ているが、タレンを危険にさらす権利はおまえにはない」

「ベリットはおいらがついていってるのを知らなかったんだよ」タレンが口をはさんだ。「起き上がるのを見て、何をするつもりかと思ったんで、こっそりあとを尾《つ》けたのさ。焚き火の近くに行くまで、おいらがいることには気がついてなかったんだ」

「それはちょっと違います」ベリットは苦しそうな顔で告白した。「タレンがわたしを起こして、二人で外にいる連中を見てこようと持ちかけたのです。その時はとてもいい考えだと思いました。申し訳ありません。タレンを危険にさらしているとは、考えもしませんでした」

　タレンは顔をしかめて見習い騎士を見やった。

「どうして白状しちゃうのさ。話を合わせておけば厄介ごとを避けられるのに」

「真実を話すと誓いを立てているんだよ」

「でも、おいらは立ててない。ただ口をつぐんでればよかったのさ。おいらはまだ小さいから、スパーホークもおいらならぶたない。でもあんたは鞭《むち》で打たれるかもしれないんだぜ」

「朝食前に道徳論争ってのも悪くないな」とカルテン。「朝食といえば――」金髪の騎士は意味ありげに焚き火のほうを見やった。

「おまえの番だ」アラスが言った。

「何が」

「料理だ」

「もうおれの番だって。そんなはずはないだろう」

アラスは首を振った。「ちゃんと確認してる」

カルテンは急に信心深い表情を装った。

「スパーホークの言うとおりかもしれん。まず移動したほうがいい。食べるのはあとでも構わんだろう」

一行は静かに荷物をまとめ、馬にまたがった。そこへ見張りに出ていたティニアンが戻ってきた。

「小人数のグループに分かれはじめた。あたりを偵察するつもりだろう」

「やっぱり森から出ないほうがいいな。行こう」

森の端からじゅうぶんに距離を取って、一行は移動をはじめた。ティニアンがときどき平地との境界まで偵察に出て、虚ろな顔の男たちの動向を探る。何度めかの偵察のあと、ティニアンはこう報告した。

「連中はこの森がまったく眼中にないようだ」

「独り独りがものを考えることができないのです」セフレーニアが説明する。

「いずれにしても、あいつらはおれたちと湖のあいだにいる」とカルテン。「平野をあいつらがうろついてる限り、通り抜けることはできない。いずれは森から出なくちゃならんが、そうなったら足止めだ」

「こっちのほうを探索してるのはどんな連中なのか、詳しく教えてくれ」スパーホークが言った。

「教会兵だ。分隊ごとに行動してる」

「一分隊の人数は」

「十人くらいかな」

「それぞれの分隊は、互いに見える位置にいるのか」

「扇状に散開してるから、だんだん離れていってる」

「ようし」スパーホークは冷酷な表情になった。「しっかり見張って、各分隊が互いに見えないところまで離れたら知らせてくれ」

「わかった」

スパーホークは馬を下り、ファランの手綱を手近な若木に結んだ。

「何を考えているのです」セフレーニアがいぶかしげに尋ねた。ベリットが手を貸して、教母とフルートを白い乗用馬から下ろす。

「シーカーはオサが、つまりアザシュが送りこんできたわけです」

「ええ」

「アザシュはベーリオンがふたたび姿を現わそうとしていることを知っている」

「ええ」

「シーカーの最終的な目的はわれわれを殺すことですが、それに失敗した場合、われわれをランデラ湖に近づけまいとするのではないですか」

「またエレネ人の論理ですか」教母は不快そうな顔になった。「見え透いていますよ、スパーホーク。結論を言っておしまいなさい」

「心は虚ろになっていても、教会兵はまだ互いに情報をやり取りできるのではないでしょうか」

「そうですね」セフレーニアが不承不承認める。

「それなら選択の余地はありません。もしも姿を見られたら、一時間もしないうちに敵は全員で追いかけてくるでしょう」

「よくわかんないな」タレンが考えあぐねた顔で言った。

「敵の一分隊を皆殺しにするつもりなのですよ」

「最後の一人まで」スパーホークは渋い顔になっていた。「ほかの分隊の姿が見えなくなったら、すぐにです」

「あの者たちは逃げることもできないのですよ」

「追いかける必要がないのは好都合です」

「それは計画的殺人というものでしょう」

「それはかならずしも正確ではありませんね。向こうはこちらの姿を見れば襲ってくるはずです。われわれは身を守るだけですよ」

「詭弁《きべん》です」セフレーニアは独り言をつぶやきながら、足音荒くその場を離れた。

「セフレーニアが詭弁て言葉の意味を知ってるとは思えんな」カルテンが言った。

「槍の使い方は知ってるか」スパーホークはアラスに尋ねた。

「訓練は受けた。斧《おの》のほうが好きだが」

「こっちはベリットを入れても五人だぜ」とカルテン。

「だから？」

「いちおう言っといたほうがいいと思ってね」

セフレーニアが青ざめた顔で戻ってきた。「考え直すつもりはないのですね」

「湖へはどうしても行かなくてはなりません。ほかに何かいい考えがありますか」

「いいえ、実を言うとありません」その声には皮肉が感じられた。「あなたの完全無欠なエレネ人の論理の前には、手も足も出ません」

「一つお願いがあるんですよ、小さき母上」カルテンが明らかに話題を変えようとして言った。「シーカーですけど、実際にはどんな姿をしてるのか教えてくれませんか。ずっと姿を見られないようにしてるのは、よほどの事情があるんでしょうね」

「恐ろしい姿です」セフレーニアは身震いした。「この目で見たことはありませんが、撃退方法を教えてくれたスティリクム人の魔術師から聞かされました。あの段階では外皮はまだ完全に固まっておらず、肌が外気に触れないように、結節部から膿漿《イコル》を分泌しています」

「イコルって何です」

「粘液です。あれは幼虫の段階で、いわば芋虫《いもむし》か毛虫のようなものです。成虫になると外皮が黒く固まって、羽根が広がります。成虫を手なずけることはアザシュにもできません。成虫にとっては、子孫を残すことがすべてなのです。一対《いっつい》の成虫を放したら、全世界がその巣となってしまうでしょう。幼虫は地上のあらゆる生物を食いつくします。

アザシュは絶対に逃げ出せない場所に成虫を一対だけ飼っているのだとか。利用した幼虫が成熟しそうになると、アザシュはその幼虫を殺してしまいます」

「アザシュに仕えるにはそれなりの危険があるわけだ。でもあんな姿の虫は見たことがありませんよ」

「アザシュに仕える生き物に自然の法則は適用されません」セフレーニアはスパーホークに怒りの目を向けた。「どうしてもやらなくてはならないのですか」

「残念ながらそのようです。ほかに手はありません」

一同は湿っぽい森の黒土の上に座って、ティニアンが戻ってくるのを待った。カルテンは鞍袋からチーズとパンを取り出し、短剣で切り分けた。

「これでおれの料理当番は終わったわけだな」

アラスはうめくような声で答えた。「その件はあとで考える」

空にはまだ雲がかかり、小鳥たちが枝の上でさえずっている。あたりには杉の香りが満ちていた。一度は鹿が森の小径を慎重に近づいてきたが、馬がいななく声に驚いたのだろう、白い尾を立て、柔毛に覆われた角を振り立てながら逃げていった。森の中は平和だった。スパーホークはそんな平和な気分を押しのけ、次にやらなければならないことに意識を集中した。

ティニアンが戻ってきた。

「教会兵の一団が数百ヤード北にいる。ほかの分隊は見えなくなった」

「よし」スパーホークは立ち上がった。「こっちも出発しよう。セフレーニア、あなたはタレンとフルートといっしょに、ここに残っていてください」

「どういう作戦でいく？」ティニアンが尋ねた。

「作戦はない。ただ出撃して敵を壊滅し、そのあとランデラ湖へ向かう」

「回りくどくなくていいな」とティニアン。

「みんなよく覚えておいてくれ。敵は普通の人間と違い、負傷して怯《ひる》むということがない。片付けたつもりで前進して、うしろから襲われないように注意してくれ。では行こう」

戦いは短時間の、血なまぐさいものだった。スパーホークたちが森から駆け出して猛然と突撃を開始すると、虚ろな顔の教会兵たちは草原に馬を駆って、剣を高く掲げてこれを迎え撃った。両者の間隔が五十歩《ペース》ほどになったとき、スパーホークとカルテンとティニアンとアラスは立てていた槍の穂先を下げ、狙いを定めた。衝撃はすさまじいものだった。スパーホークの槍を受けた兵士は胸から背中までを貫かれ、鞍から放り出された。スパーホークはすばやく手綱を引いてファランを止め、槍が折れるのを防いだ。槍を引き抜いて次の攻撃にかかると、別の兵士が身体を貫かれた。そこで槍を捨て、剣を引き抜く。スパーホークは次の兵士の腕を斬り落とし、切っ先を喉《のど》に埋めこんだ。アラスは最初の兵士との激突で槍を折ってしまったが、折れた槍でさらに別の兵士を貫き、愛用の斧を手に取ると次の兵士の頭をかち割った。ティニアンは槍を二人めの兵士の腹に突き立ててから剣でとどめを刺し、別の相手に向かっていった。カルテンの槍は兵士の盾に当たって砕けてしまった。カルテンは二人の敵を相手に苦戦していたが、そこへベリットが駆けつけて、斧で一方の兵士の頭の上半分を切り飛ばした。カルテンは剣を一振りしてもう一人を片付けた。残った兵士たちは混乱して右往左往している。虚ろになった頭では、聖騎士たちの急襲にすばやく反応できないのだ。スパーホークと仲間たちは乱戦の中で的確に敵をとらえ、始末していった。

カルテンが馬から滑り下りると、血まみれの草の中に折り重なるように倒れている兵士たちの死体に歩み寄った。スパーホークは手際よく兵士にとどめを刺していく友人の姿から目をそらした。

「念のためだよ」カルテンは剣を鞘《さや》に収め、馬に乗った。「これで何もしゃべれない」

スパーホークは見習い騎士に声をかけた。

「ベリット、セフレーニアと子供たちを呼んでこい。わたしたちはここで見張っている。そうそう、それともう一つ、新しい槍を伐《き》り出しておいてくれ。今使ったのはもうだめだろうから」

「わかりました、サー・スパーホーク」ベリットはそう答え、森のほうへと馬を駆っていった。

スパーホークはあたりを見まわし、藪《やぶ》に隠れた涸《か》れ川があることに気づいた。

「死体はあそこに隠しておこう。こっちへ来たということを知られたくないからな」

「馬はみんな逃げたのかな」カルテンは周囲を眺めわたした。

「戦いになれば馬は逃げるものだ」アラスが答えた。

ばらばらの死体を涸れ川のところまで引きずっていって、藪の中に投げこむ。その作業が終わるころ、セフレーニアとタレンとフルートを連れてベリットが戻ってきた。ベリットの馬の鞍には新しい槍が結びつけてあった。セフレーニアは戦いの名残りをとどめる血まみれの草地には目を向けようとしなかった。

槍に鉄製の穂先を付ける作業は数分で終わり、一行はふたたび馬に乗った。

「本気で腹が減ったぞ」疾駆《ギャロップ》で走りはじめるとカルテンが言った。

「よくそんなことが言えますね」セフレーニアの声には嫌悪感があふれていた。

「何かまずいこと言ったか」カルテンに尋ねられて、スパーホークは答えた。

「気にするな」

それから数日は何事もなく過ぎ去ったが、スパーホークたちはずっと背後に気を配りつづけていた。夜になると見つかりにくい場所に野営して、まわりを囲った中でごく小さな火を熾《おこ》した。やがて曇り空がいよいよ本領を発揮して、しとしとと霧雨が降りはじめた。一行はそんな中、さらに北をめざした。

「すばらしい」カルテンはうっとうしい空を見上げて皮肉っぽくつぶやいた。

「大雨になることを祈るのですね。今ごろシーカーはもう追跡を再開しているでしょう。でも雨がにおいを洗い流してくれれば、簡単には追ってこられないはずです」

「そいつは考えつきませんでした」とカルテン。

スパーホークはときどき馬から下りて、ある特定の種類の低い灌木《かんぼく》の枝を切り、進む方角がわかるように地面に並べた。

「何をやっているんだ」水の滴《したた》る青いマントをしっかりと身体に巻きつけながら、とうとうティニアンが尋ねた。

「クリクに進む方向を教えてやらないとな」スパーホークはそう答え、馬にまたがった。

「なかなかいい考えだが、どの藪の下を見ればいいのかわからないんじゃないか」

「いつも同じ種類の灌木を使うんだ。クリクとのあいだで、ずっと以前から決めてある」

空はいっこうに泣きやみそうにない。あらゆるものに染みこんでくる、気の滅入る雨だった。焚き火はなかなか燃え上がらなくなり、しかもふいに消えてしまうことが多くなった。ときどきラモーク人の村や孤立した農園があるものの、人々はたいてい雨を避けて家の中に閉じこもり、牧場に放されている家畜は濡れそぼって、みじめな有様だった。

湖までもう少しというあたりで、やっとベヴィエとクリクが追いついてきた。その午後の天気は大荒れで、雨がほとんど真横から地面に叩きつけていた。

「オーツェルは大聖堂へ送り届けてきました」ベヴィエが顔の水滴をぬぐいながら報告した。「それからドルマントの自宅へ行って、ラモーカンドで起きていることを伝えてきました。内乱がカレロスから聖騎士団を引き離すための策謀だろうという点で、意見が一致しました。阻止するためにできる限りのことをすると言ってくれています」

「よかった。マーテルの企みが水の泡になるって報告を聞くのは大好きなんだ。道中何か問題はあったか」

「とくにありません。ただ街道はどこも見張られていて、カレロスには兵隊がうようよしています」

「その兵隊はみんなアニアスの手下なんだろう」カルテンが渋い顔で言う。

「総大司教選挙にはほかの候補者もいるんだよ、カルテン」ティニアンが指摘した。

「アニアスがカレロスに兵隊を引き連れてくれば、ほかの候補者も同じことをするしかない」

「聖都の街路で戦いになるのだけは見たくないな。クラヴォナス総大司教のお加減はどうだ」スパーホークはベヴィエに尋ねた。

「急速に消耗しているようです。聖議会も、さすがに猊下のご容体を一般大衆に隠しておけなくなってきています」

「ということは、おれたちももっと急がないと」カルテンが言う。「クラヴォナスが死ねばアニアスは動きはじめるだろう。そうなればもうエレニア国の国庫も必要ない」

「少し急ぐことにしよう」スパーホークが言った。「湖まで、まだ一日かそこらはかかるはずだ」

と、クリクの非難がましい声がした。

「スパーホーク、甲冑が錆《さ》びてますよ」

「本当か」スパーホークは黒いマントを引き下ろし、肩当てに点々と浮いた赤錆を見て目を丸くした。

「油瓶がどこにあるかわからなかったんですか」

「ほかのことで頭がいっぱいだったんだ」

「そんなことだろうと思いました」

「悪かった。自分で磨くよ」

「やり方がわからないでしょう。鎧を侮《あなど》っちゃいけません。わたしがやります」

スパーホークは仲間たちの顔を見まわし、むっつりと警告した。

「この件について誰か何か言ったら、決闘だ」

「あなたの気持ちを傷つけるくらいなら、死んだほうがましです」ベヴィエがどこまでもまじめな顔で答えた。

「ありがとう」スパーホークは断固とした態度で、降りしきる雨の中、錆びた鎧を鳴らしながら進んでいった。

8

ランデラ湖畔の古戦場は荒れ果てていると聞かされていたが、現実は話に聞く以上だった。広大な荒野のそこらじゅうが掘り返され、至るところに掘った土が盛り上げられている。地面に掘られた穴や溝には泥水がたまり、降りつづく雨があたり一帯を泥濘《ぬかるみ》に変えていた。

カルテンがスパーホークの横に馬を寄せ、地平線まで広がっているような泥地を情けなさそうに見わたした。

「どこから手を着ける」その声は作業の膨大さに困惑しているかのようだった。

スパーホークはふと思いついて、アーシウム人の騎士に呼びかけた。「ベヴィエ」

ベヴィエが馬を進める。「何です、スパーホーク」

「確か軍事史の研究をしたことがあると言ってたな」

「はい」

「ランデラ湖畔の戦いは史上最大の戦闘だ。かなりの時間をかけて研究したんじゃないか」

「もちろんです」

「サレシア兵がどのあたりで戦ったか、だいたいの場所がわからないかな」

「ちょっと待ってください。地形を見てみますから」ベヴィエは泥濘の海をゆっくりと歩きまわり、何か目印はないかと目を凝《こ》らした。やがて霧雨の中にかすんでいる、近くの丘を指差した。「あれだ。アーシウム王はあそこに陣を張って、オサの軍勢とその異界の同盟者に対峙《たいじ》したのです。戦況は押されぎみでしたが、王は教会騎士団がこの戦場に到着するまで持ちこたえました」雨の中で顔をしかめて考えこみ、「わたしの記憶が正しければ、サレシアのサラク王の軍勢は敵の側面を衝《つ》こうと湖の東側を迂回《うかい》したはずです。戦いの場所はもっとずっと東でしょう」

「多少は場所が絞りこめたな」とカルテン。「ジェニディアン騎士団はサラク王の軍といっしょだったのか」

ベヴィエはかぶりを振った。

「教会騎士団はすべてレンドー国に出払っていました。オサの侵攻が伝えられると、内の海を渡ってカモリアから強行軍で駆けつけたのです。戦場には南から入りました」

と、タレンが小声でささやいた。

「スパーホーク、あそこを見て。何人かあの泥の山の陰に隠れようとしてるよ。斜面を半分ほど行ったとこの、木の幹のそば」

スパークホークは振り向かないようにしながら尋ねた。

「どんな連中かわかるか」

「よくわかんない。泥だらけなんだもん」

「武器は持ってるか」

「シャベルが多いな。二人ほどクロスボウを持ってたと思う」

「ラモーク人だ。クロスボウを使うのはあいつらしかいない」とカルテン。

スパークホークは従士に声をかけた。

「クリク、クロスボウの有効射程はどのくらいだ」

「狙って射るつもりなら二百ヤードまでですね。それ以上だったらまぐれを期待するしかありません」

スパークホークは何気ないふうを装ってあたりを見まわした。泥の山までは五十ヤードといったところだ。

「あっちを調べてみよう」ひそんでいる宝探したちにも聞こえるように大声で言い、鋼鉄の籠手《こて》をはめた手で東を示す。それから小さな声で、「何人くらいいそうだ、タレン」

「八人から十人かな。もっと多いかもしれない」

「そいつらから目を離すな。あんまりあからさまに見つめるんじゃないぞ。クロスボウを上げるやつがいたら教えてくれ」

「わかった」

スパーホークは速足《トロット》で馬を進めた。ファランの蹄《ひづめ》が泥濘をはね散らかす。「うしろを見るなよ」騎士は全員にそう注意した。

「疾駆《ギャロップ》のほうがいいんじゃないか」カルテンが緊張した声で言う。

「こっちが気づいていることを知られたくない」

「こいつは神経にこたえるね。肩甲骨のあいだのところがむずむずする」カルテンはごそごそと盾の位置を直した。

「おれもだ」とスパーホーク。「タレン、連中は何をしてる」

「見てるだけだよ。ときどき頭を突き出すのが見えるんだ」

一行は泥濘をはね散らかしながら速足《トロット》で進んでいった。

「そろそろ大丈夫かな」ティニアンが硬い口調で言う。

「丘のあたりも雨がひどいからね。もうこっちの姿は見えないと思うよ」とタレン。

「よし」スパーホークはほっとして、詰めていた息を一気に吐き出した。「速度を落とせ。ここにいるのがわれわれだけでないことは明らかだ。慎重の上にも慎重にやりたい」

「ひやひやものだな」とアラス。

「まったくだ」ティニアンも同意する。

「どうしておまえが心配するんだ」アラスはディラ人の巨大な甲冑を見やった。「鋼鉄で身を守っているじゃないか」

「近距離から発射された場合、クロスボウの矢はこいつさえ貫通するんだ」ティニアンは拳《こぶし》で鎧《よろい》の胸の部分を叩いた。まるで鐘を鳴らしたような音が響いた。「スパーホーク、もし聖議会で話をする機会があったら、クロスボウは禁止するように提案してみてくれないか。甲冑を着てても裸でいるみたいな気分になるんだ」

「よくそんなごつい鎧を着て歩けるな」とカルテン。

「大変なんだ、これが。はじめて着せられたときは膝をついちまったよ。立ち上がるのに一時間もかかった」

「しっかり目を開いていろ」スパーホークが注意した。「ラモーク人の宝探しくらいならいいが、シーカーの手先にでも出くわしたらことだぞ。あの森のそばにいたんだから、このあたりにもいたって不思議はない」

一行は泥水を跳ね飛ばし、あたりに注意しながら進みつづけた。スパーホークはマントで雨がかからないようにして、もう一度地図を調べた。

「湖の東岸にランデラの街があるな。ベヴィエ、サレシア人がこの街を占領したかどうか、歴史書に記録はないか」

「わたしの読んだ本には、あまりはっきり書かれていませんでした。せいぜいわかることといえば、ゼモック人が侵攻の比較的早い時期にランデラを占領したということだけです。サレシア人が街を解放したのかどうか、わたしは知りません」

「しなかったろう」アラスが言った。「サレシア人は昔から攻城戦が不得手だ。おれたちはそんなに辛抱強くないからな。サラク王の軍勢は、たぶん迂回していったと思う」

「思ったより簡単だな。つまりランデラと湖の南端のあいだだけ探せばいいわけじゃないか」とカルテン。

「そう楽観したものでもないぞ。それでもまだかなり広い地域だ」スパーホークは霧雨の中で湖のほうを透かし見た。「湖岸は砂浜らしい。濡れた砂地のほうが泥道よりはましだろう」そう言うとファランの馬首をめぐらし、先に立って湖のほうに向かう。

湖の南岸に沿って伸びる砂浜には、平地部分のように掘り返された様子がなかった。

湿った砂の上を走りながら、カルテンはあたりを見まわした。

「どうしてここは掘り返さなかったのかな」

「水位だ」アラスが短く答える。

「何だって」

「冬になると水位が上がって、掘り返された跡を洗い流してしまう」

「なるほど。筋は通ってるな」

それから半時間ほど、一行は用心深く水際を進んでいった。

「あとどのくらいあるんだ」カルテンがスパーホークに尋ねた。「地図はおまえしか持ってないんだからな」

「十リーグってところだ。これだけ広い砂浜なら、疾駆《ギャロップ》で行っても大丈夫そうだな」スパーホークはファランの脇腹を小突き、速度を上げさせた。

雨は小止みなく降りつづけ、あばたになった湖の表面は鉛色をしていた。水際を何マイルか走ると、疲れた顔でずぶ濡れの地面を掘っている人々に出くわした。

「ペロシア人だ」アラスがばかにするように言った。

「どうしてわかる」とカルテン。

「あのふざけた三角帽だ」

「なるほど」

「あれは頭の形に合わせてあるに違いない。たぶん宝の噂を聞きつけて、北からやってきたんだろう。追い払うか、スパーホーク」

「掘らせておけ。べつに邪魔にはならない——あそこであのまま作業している限りはな。シーカーに支配されているなら、宝に興味を持ったりはしない」

その日は午後遅くまで砂浜を駆けつづけた。

「あそこで野営してはどうでしょう」クリクが流木の折り重なっているあたりを指差して提案した。「荷物の中に乾いた薪《たきぎ》がありますし、あの流木の山の下のほうにも、濡れていない木があるんじゃないかと思います」

スパーホークは雨の降りつづく空を見上げ、時刻の見当をつけた。

「そろそろ休憩すべきだろうな」

一行は流木のそばに馬を止め、クリクが火を熾《おこ》した。ベリットとタレンは比較的湿っていない木を流木の中から探したが、しばらくするとベリットは自分の馬のところへ行き、戦斧《バトルアックス》を手に取った。

「それをどうするつもりだ」とアラス。

「流木を割って小さくしようと思ったんですが、サー・アラス」

「だめだ」

ベリットは少し驚いた顔になった。

「それは木を割るようには作られてない。刃がなまってしまう。斧はこの先すぐに必要になるぞ」

「荷の中にわたしの斧があるから、それを使え」恥じ入っている見習い騎士にクリクが声をかけた。「あれなら誰かを叩き斬る予定はないからな」

「クリク」スパーホークとカルテンが教母とフルートのために設営した天幕の中から、

セフレーニアが呼びかけてきた。「火のそばに囲いをして、ロープを張ってください」中から現われた教母はスティリクム人のスモックを着て、水の滴る白いローブとフルートの服を両手に持っていた。「そろそろ服を乾かしておかないと」

日が沈むと夜風が湖から吹きわたり、天幕をはためかせ、炎をなびかせた。一同は粗末な夕食を摂《と》り、寝床にもぐりこんだ。

真夜中ごろ、見張りに立っていたカルテンが戻ってきてスパーホークを揺り起こした。

「おまえの番だぞ」ほかの者を起こさないよう、小さな声でささやく。

「わかった」スパーホークはあくびをして起き上がった。「いい場所があったか」

「浜のすぐうしろの丘がいい。上り坂に気をつけろよ。そこらじゅう掘り返されてるから」

スパーホークは甲冑を着けはじめた。

「このあたりにいるのはおれたちだけじゃないぞ」兜を取り、ずぶ濡れの黒いマントを脱ぎながらカルテンが言った。「平野のほうにいくつか火明かりが見えた」

「またペロシア人やラモーク人じゃないのか」

「そいつは何とも言えないな。火には所属を示す印がついてないから」

「タレンとベリットには言うなよ。また夜中に抜け出されちゃ厄介だ。とにかく眠っておけ。明日は長い一日になるぞ」

スパーホークは慎重に穴だらけの斜面を登って、頂上に居場所を定めた。すぐにカルテンの言っていた火明かりが目に入る。しかし火はいずれもかなり遠くで、当面の脅威になるとは思えなかった。

旅に出てから、すでにかなりの日数が経っている。スパーホークは日々募る苛立ちにさいなまれていた。エラナはシミュラの王宮の玉座の間に独り座したまま、徐々に命をすり減らしている。あと数カ月でその命数は尽き、心臓は止まってしまうだろう。スパーホークはそんな思いを頭から追い払った。こういうときはいつもそうしているように、騎士はわざとほかの考えで頭の中をいっぱいにした。

雨は冷たく不快に降りしきり、そのことから思いはレンドー国へ向かった。そこでは焼けつくような陽射しが、ほんのわずかな湿気さえ空気中から追い払ってしまう。太陽がジロクの街路を耐えがたいものにしてしまう前、日が昇らないうちに列を作って井戸へ水を汲《く》みにいく、黒いベールをかぶった優雅な女たち。思いがリリアスに及んで、スパーホークは苦笑した。港近くの街路で演じたメロドラマティックな愁嘆場のおかげで、リリアスは望みどおりある種の名声を手に入れただろうか。

そしてマーテル。ダブールにあるアラシャムの天幕ではうまく出し抜いてやった。憎い敵が臍《ほぞ》をかみながら手も足も出せずにいるのを眺めるのは、相手を殺すのと同じくらい気分のいいものだった。

「だがいずれ決着はつけるぞ、マーテル。おまえはおれに払いきれないくらいの借りがある。そろそろ取り立てをしてもいいころだ」そう考えると多少は気が晴れ、雨の中の見張りも苦にならなくなるようだった。アラスと交代する時間が来るまで、スパーホークは微に入り細を穿《うが》ってマーテルとの対決の様子を思い描いた。

日の出とともに荷物をまとめ、一行は雨に煙る湖岸を進みつづけた。

午前もなかばを過ぎたころ、セフレーニアは白い乗用馬を止め、鋭い声でささやいた。

「ゼモック人です」

「どこに」とスパーホーク。

「よくわかりませんが、近くです。敵対的な意図を持っています」

「人数は」

「難しいですね。少なくとも六人以上、でもたぶん二十人まではいないでしょう」

「子供たちといっしょに水際まで後退していてください」スパーホークは仲間を見わたした。「一気に方をつけるぞ。追撃されたくない」

騎士たちは槍《やり》の穂先を下げ、泥地を並足で進んでいった。ベリットとクリクが左右の側面を守る。

ゼモック人たちは湖岸から百ヤードと離れていない、浅い涸《か》れ谷に隠れていた。七人のエレネ人が決然と突っこんでくるのを見て、武器を手にして立ち上がる。人数は十五人ほどもいるだろうが、全員が徒歩なので、さほどの優位に立っているとは言いがたかった。誰一人雄叫《おたけ》びを上げるでもなく、全員が無表情な、虚《うつ》ろな目をしている。

「シーカーに支配されてる。気をつけろ」スパーホークが叫んだ。

騎士たちが間合いを詰めると、ゼモック人はしゃにむに前進してきた。中にはみずから槍の前に身体をさらして胸を貫かれる者もいる。

「槍を捨てろ！　近すぎる！」スパーホークは叫びざま槍を捨て、剣を抜いた。敵はなおも不気味に押し黙ったまま、倒れた仲間を見向きもせずに攻撃してくる。数では上回っているものの、ゼモック人たちは騎乗した騎士の敵ではなかった。側面から回りこんだクリクとベリットが背後を衝《つ》いたとき、敵の命運は定まっていた。

「手傷を負った者は？」すばやく仲間を見わたしてスパーホークが尋ねた。

「あいつらだけだろ」カルテンが泥の中に転がった死体を見て答えた。「何だか簡単すぎるみたいだな。ひたすら突っこんでくるだけで、殺してくれと言ってるみたいなもんだ」

「いつだって望みどおりにしてやるさ」ティニアンはゼモック人の服で剣の刃をぬぐった。

「死体はひそんでいた涸れ谷に隠しておこう」スパーホークが言った。「クリク、シャベルを持ってこい。埋めておかないと」

「証拠湮滅《いんめつ》か」カルテンが面白がって口を出す。

「どうせあたりに仲間がいるだろう。おれたちがここにいたことを教えてやる必要はない」

「いいけど、その前にとどめを刺しておきたいね。足首を持って両手がふさがってるときに目覚められたりしたんじゃ、たまらんからな」

カルテンは馬を下り、すべての死体にとどめを刺してまわるという不快な仕事をやり終えた。それから全員で作業にかかった。泥が滑りやすいので、死体を引きずっていくのは意外と楽だった。クリクは涸《か》れ谷の端に立って、シャベルで死体に土をかけた。

「ベヴィエ、そのロッホアーバー斧はどうしても手放せないのか」ティニアンが尋ねた。

「自分で選んだ武器ですから。なぜです」

「死体を片付けるときに不便だからさ。こんなふうに首を斬《き》り飛ばしてあると、胴体と首とで二往復しなくちゃならないんだ」その言葉を強調するかのように、ティニアンは髪をつかんで二つの首を持ち上げた。

「面白いことを」ベヴィエはそっけなく応じた。

ゼモック人の死体と持っていた武器をすべて涸れ谷に投げこみ、クリクが上から土をかけてしまうと、一同は湖岸に戻った。セフレーニアはフルートの顔をマントの裾《すそ》で覆い、みずからも努めて目をそむけようとしていた。

「終わりましたか」スパーホークたちが戻ってくると、教母が尋ねた。

「片付きました。もう見ても大丈夫です」スパーホークは眉根《まゆね》を寄せた。「カルテンが気づいたことなんですが、どうも簡単すぎるような気がします。敵はただ突進してくるだけで、殺してくれと言っているようなものなんです」

「そうではありません。シーカーにとっては、人間などいくらでも補充のきく消耗品だということです。一人を殺すために数百人を投入し、次の一人を殺すために、さらに数百人を投入することもできるのですから」

「気力が萎《な》えますね。そんな大人数を扱えるなら、どうして少しずつ出してくるんでしょう」

「あれは偵察隊です。蟻《あり》や蜂《はち》も同じことをするでしょう。偵察隊を送り出して、巣に必要なものを探させる。シーカーも結局は昆虫であって、いかにアザシュの影響を受けようとも、昆虫の考え方しかできないのです」

「少なくとも報告をしに戻ったやつはいないわけだ」カルテンが言った。「これまでに出会った連中に限っての話だけど」

「報告は届いています。手先が死ねば、シーカーはそれを感知します。正確な場所まではわからないでしょうが、手先が殺されたことはわかっているはずです。早くここから移動したほうがいいでしょう。偵察隊が一ついたということは、ほかにもいる可能性がありますす。集中攻撃をされてはたまりません」

速足《トロット》で馬を駆りながら、アラスは熱心にベリットと話をしていた。

「斧に勝手な動きをさせてはだめだ。すぐに体勢を立て直せないほど大きく振りかぶるのは、やめたほうがいい」

「わかりました」ベリットも真剣な表情だ。

「斧は剣と同じくらい繊細な武器なんだ――扱い方さえ心得ていればな。注意を怠るな。自分の命がかかっている」

「とにかく力いっぱい相手に叩きつければいいんだと思ってました」

「そんな必要はない。きちんと研《と》いであればな。金槌《かなづち》で胡桃《くるみ》を割るときには、うまく殻だけが割れるように力を加減するだろう。力いっぱい叩きつけたら、何もかも粉々になってしまう。斧を扱うのも同じことだ。力いっぱい叩きつけると刃が敵の身体のどこかに食いこんで、次の敵に対して決定的に不利な状況に追いこまれてしまうかもしれない」

「戦斧があんなに面倒くさい武器だとは知らなかったよ」カルテンがスパーホークにささやいた。

「サレシア人にとっては宗教みたいなものなんだろう」スパーホークは恍惚《こうこつ》とした表情でアラスの話に聞き入っているベリットを見つめた。「こういう言い方は何だが、いい剣士を一人失ったかもしれんな。ベリットはあの斧が気に入っているし、アラスがそれをさらに煽《あお》っている」

その日遅く、湖岸が北東に湾曲しはじめた。ベヴィエはあたりを見まわして方角を確かめた。「そろそろ止まったほうがいいと思います。だいたいこのあたりが、ゼモック軍に対してサレシア軍が布陣した場所になるはずです」

「わかった」スパーホークが答えた。「あとはきみの仕事らしいな、ティニアン」

「朝一番にやろう」とアルシオン騎士。

「今じゃだめなのか」カルテンが尋ねる。

「もうすぐ暗くなりそうだからな」ティニアンは顔を曇らせた。「夜中に亡霊を呼び出すのは勘弁してくれ」

「ほう?」

「やり方を知ってるからって、好きとは限らないんだ。あれをやるのは太陽がさんさんと照ってるときがいい。戦闘で死んだ人間だからな。見た目はあまりいいもんじゃない。闇の中で出くわすのは願い下げだ」

騎士たちが周囲をざっと偵察するあいだに、クリクとベリットとタレンは野営地を設営した。偵察隊が戻るころには、雨も多少は小降りになっていた。

「どうでした」火の上に斜めになるように張った帆布の下からクリクが尋ねた。

「南のほう数マイルに煙が見えた」馬から下りながらカルテンが答えた。「人影は見えなかったがな」

「見張りはやはり必要だろう」スパーホークが言った。「サレシア軍がこのあたりで戦ったことをベヴィエが知っていたのなら、ゼモック人も知っている可能性が高い。シーカーはたぶんわれわれの目的に気づいているから、このあたりに手先を配置している恐れは大きい」

焚《た》き火が消えないようにとクリクが一時しのぎで作った帆布の屋根の下で、その夜一行はいつになく静かだった。シミュラを発って以来数週間、やっと目的地にたどり着いたのだ。この旅が無駄でなかったのかどうか、間もなく明らかになる。スパーホークの不安はことに大きかった。すぐにも結果を知りたい気持ちは強かったが、ティニアンの意向を無視するわけにもいかない。

「手順は込み入っているのか」スパーホークは大柄なデイラ人騎士に尋ねた。「つまり、死霊魔術というのは」

「呪文のことを言っているなら、普通とは少し違う。呪文自体がかなり長くて、さらに自分を守るために、地面に魔法陣を描かなくてはならない。目覚めさせられるのを嫌がっていた死者が本当に怒ると、相当ひどいことをする場合があるんだ」

「一度に何人目覚めさせるつもりだ」とカルテン。

「一人だ」ティニアンの返事は断固たるものだった。「一個軍団の全員に、一度に襲ってこられちゃたまらんからな。少し時間はかかるが、ずっと安全だ」

「そのへんのことは、専門家のあんたに任せるさ」

夜のうちにふたたび雨足が強まり、湿っぽい夜明けが訪れた。濡れそぼった地面はすでにいっぱいに水を含み、あちこちにできた水たまりに雨が降り注いでいる。

「死者を呼び起こすにはこうでなくちゃな」カルテンが渋い顔で言った。「日光がさんさんと降り注ぐ中でやるようなことじゃない」

ティニアンが立ち上がった。「じゃあ、そろそろ始めようか」

「まず朝食にしないか」とカルテン。

「胃袋に何か入ってたら後悔することになる。おれを信じろ、カルテン」

一行は広い場所へと出ていった。

「このあたりはあまり掘り返してないみたいですね」あたりを見まわしてベリットが言った。「ゼモック人はサレシア軍が埋葬された場所を知らなかったらしい」

「そう願いたいね。まずはここから始めるのが一番だろう」ティニアンは枯れ枝を手に取り、濡れた地面に魔法陣を描きはじめた。

「これをお使いなさい」セフレーニアがティニアンに一束のロープを手渡した。「乾いた地面に描いた魔法陣なら問題ありませんが、ここはあちこちに水たまりがあります。

亡霊の目には完全なものに見えないかもしれません」

「そうなると困ったことになりますね」ティニアンは受け取ったロープを使って魔法陣を描いた。円と曲線と歪《ゆが》んだ星形から成る奇妙な図形だった。「これでいいですか」

「その線をもう少し左へ」セフレーニアが指示する。

ティニアンは言われたとおりにした。

「いいでしょう。呪文を暗誦してごらんなさい。間違っていたら直しますから」

「ただの好奇心で訊《き》くんですが、どうして自分でやらないんです」カルテンがセフレーニアに尋ねた。

「体力の問題です。「あなたのほうがずっと詳しそうじゃないですか」この呪文は、いわば死者と取っ組み合って叩き起こすようなものなのです。わたしの体格ではいささか貧弱すぎます」

ティニアンが朗々とした声でスティリクム語の呪文を唱えはじめた。独特の抑揚が加わっている。同時にゆっくりと行なわれる身振りが、呪文に威厳を与えていた。声が高まり、命令的になる。ティニアンは両手を挙げて鋭く打ち鳴らした。

最初は何も起こったようには見えなかった。と、魔法陣の中の地面が震え、苦しげなほどゆっくりと、何かが土の中から姿を現わした。

「すごい！」カルテンが恐怖に息を呑《の》む。死体はひどい損傷を受けていた。

「話してくれ、アラス」ティニアンは食いしばった歯のあいだから言葉を押し出した。

「あまり長くはもたない」

アラスが前に進み出て、喉頭音の多い、厳《いかめ》しい感じの言葉で死者に話しかけた。

「サレシア古語です」とセフレーニア。「サラク王の時代の一般兵士が話していたのは、あの言葉でしょう」

身の毛のよだつような死者は恐ろしい声で答え、ぎくしゃくと片手を上げた。

「もういいぞ、ティニアン。必要なことは聞いた」

ティニアンの顔は灰色になり、両手は細かく震えていた。スティリクム語で二つの言葉をつぶやく。死者は土の下へと戻っていった。

「あの男はほとんど何も知らない」アラスが言った。「だが伯爵の埋められている場所を教えてくれた。伯爵はサラク王の近習で、このあたりに王の埋められた場所を知っている者がいるとすれば、それは伯爵だろうということだった。すぐその向こうだ」

「ちょっと息を整えさせてくれ」とティニアン。

「そんなにきついのか」

「想像もつかんだろうよ」

ティニアンはしばらく苦しそうに呼吸を整えていたが、やがてロープを巻きとって背筋を伸ばした。

「よし、伯爵を起こしにいこう」

アラスは一行を近くの小さな丘に案内した。

「埋葬塚だ。身分の高い者を葬るときには、こういう塚を築く習慣があった」

ティニアンは塚の頂きに魔法陣を描き、一歩退がって呪文を唱えはじめた。ふたたび手を打ち鳴らす音が響く。

塚から現われた死者は、最初の男ほどひどい状態ではなかった。サレシアの伝統的な鎖帷子《くさりかたびら》を身に着け、頭には角つきの兜をかぶっている。

「わが瞑《ねむ》りを妨げるのは何者か」死者が五世紀前の古い言葉で語りかけてきた。

「伯爵をふたたび日の光の下《もと》に呼び出《いだ》したのは、わたしです」アラスが答える。「同族の者として、お尋ねしたいことがある」

「ならば急ぎ問うがいい。そなたの行ないは喜ばしいものではない」

「サラク王陛下の墓所を探しております。伯爵ならばその場所をご存知のはず」

「陛下の墓所はこの戦場ではない」

亡霊の返答を聞いて、スパーホークの気持ちは沈んだ。

「陛下はいかがなされたのか」アラスはさらに答えを追求した。

「オサの軍勢侵攻の報を受け、陛下はエムサットの王宮を出発なさった。近衛兵《このえ》の小部隊のみが同行し、あとに残ったわれわれは主力の編成に意を注いだ。大軍団をもって陛下のあとを追い、合流することになっていた。しかしこの地に着いてみると、陛下のお姿はどこにも見当たらず、何があったのか知る者もなかった。陛下の墓所を探すならば、ほかを当たるべきであろう」

「もう一つだけお許しを。陛下はどのような行程をお取りになったのか」

「北岸へ船でお渡りになった。上陸の場所を知る者は、生者のうちにも死者のうちにもなかろう。ペロシアかデイラを探してみることだ。早く瞑りに返してもらいたい」

「感謝する」アラスは深々と一礼した。

「そなたの感謝に何の意味があろう」亡霊が冷淡に答える。

「帰してやってくれ、ティニアン」アラスが悲しげに言った。

ティニアンが亡霊を解放すると、スパーホークたちは苦悩に満ちた顔を互いに見合わせた。

9

アラスは濡れた地面に座りこんで両手で頭を抱えているティニアンに近づいた。「大丈夫か」と声をかける。スパーホークはこの野蛮な巨漢のサレシア人が、仲間には奇妙に優しい一面を見せることに気づいていた。

「ちょっと疲れただけだ」ティニアンの返事は弱々しかった。

「この調子で続けるのは無理だ」

「まだやれるさ」

「おれに呪文を教えてくれ。格闘ならおれのほうが得意だ。相手が生きていようと、死んでいようと」

ティニアンは小さく微笑んだ。

「おれもそう思う。格闘で負けたことはあるのか」

「最後に負けたのは七歳くらいのときだ。兄貴の頭を木のバケツに突っこんでやったがな。親父がバケツをはずすのに、二時間もかかった。耳が引っ掛かってたんだ。兄貴は耳が大きかった。ここにいないのが残念だよ。オーガーと戦えば、兄貴はおれの次に強かった」アラスはスパーホークに顔を向けた。「それで、これからどうする」

「ペロシアとデイラの北部一帯を虱《しらみ》つぶしに当たるわけにはいかないよな」とカルテン。

「それは考えるまでもない」スパーホークが答えた。「とても時間が足りない。もっと詳しい情報が必要だ。ベヴィエ、どこを探せばいいか、ちょっとした手がかりでもいいから何か思いつかないか」

「このあたりの戦闘の記録は、ごく簡単なものしか残っていないのです」白いマントの騎士はアラスに笑みを向けた。「ジェニディアン騎士団のブラザーたちは、記録をつけるのがあまり得意ではなかったようですね」

「ルーン文字で記録をつけるのは大変なんだ。とくに石に彫るとなると。場合によっては次の世代に任せてしまうこともあった」

「村か街を探すべきだと思いますね」クリクが言った。

「ほう？」

「知りたいことはたくさんあります。答えを見つけたかったら、誰かに尋ねるしかありません」

「尋ねるといっても、五百年前の話だぞ。目撃者が生きているとは思えないな」

「そりゃそうですが、地元民というのは――とくに平民の場合は――その地方の伝統を受け継いでいるものです。土地の名前とかもね。山や川の名前が何かの手がかりになるかもしれません」

「やってみるだけの値打ちはあるでしょう」セフレーニアが真剣な顔で言った。「このあとは何もあてがないのですから」

「見込みはとても薄いですよ」

「ほかに何か手だてがありますか」

「では、このまま北へ向かうことにしよう」

「発掘された跡があるところは無視して構わないでしょう。地面が掘り返されているということは、ベーリオンがそこにはないという証拠です」

「そうですね。よし、ではこのまま北へ向かって、見込みのありそうな場所があったら、ティニアンがまた亡霊を呼び出すということで行ってみよう」

アラスが疑わしげな顔になる。

「その点はもう少し注意すべきだ。二体を呼び出しただけで、もうティニアンはふらふらになっている」

「おれは大丈夫だ」ティニアンが弱々しく抗議する。

「もちろんだ。せめて何日かゆっくり休めば、問題はない」

一行はティニアンを鞍に押し上げ、青いケープをしっかりと身体に巻きつけさせると、降りつづく雨の中を北へ向かった。

ランデラの街は湖の東岸にあった。街は高い壁に囲まれ、四隅にある監視塔があたりを睥睨《へいげい》していた。

「どうする」殺風景なラモーク人の都市を値踏みするように眺めながらカルテンが言った。

「時間の無駄ですよ」クリクは雨にゆっくりと溶け出している大きな土の山を指差した。「このあたりも掘り返されてます。もっと北へ行かないと」

スパーホークはティニアンに目を向けた。アルシオン騎士の顔には多少とも血の気が戻り、体力は徐々に回復してきているようだ。スパーホークは普通駆足《キャンター》に速度を上げ、荒涼とした景色の中を進んでいった。

とうとう発掘の跡が見えなくなったのは、午後のなかばあたりだった。

「この先、湖のそばに村のようなものがあります」ベリットがその方角を指差して報告した。

「手始めとしては悪くない」とスパーホーク。「宿屋があるといいんだがな。そろそろ温かい食事にありついてもいいころだ。雨を避けて、少し衣類も乾かしたい」

「あと酒場もだ」とカルテン。「酒場に集まる連中は話好きが多い。それにたいてい、地元の歴史に詳しいのを自慢にしてる年寄りがいるもんなんだ」

一行は湖の岸辺まで馬を駆り、村に入った。家々はどれもくたびれていて、丸石を敷いた村道は長らく修繕の手が入っていないようだ。村はずれには波止場があって、突堤が何本か湖に突き出していた。岸沿いに立てられた竿《さお》には漁網がかけてあり、狭い街路には魚のにおいがこもっていた。目に疑念の色を浮かべた村人が、村に一軒しかない宿を教えてくれた。それはおそろしく古い石の建物で、屋根はスレートで葺《ふ》いてあった。

スパーホークは宿の前庭で馬を下り、建物の中に入った。髪を乱雑に刈りこんだ赤ら顔の太った男が、裏口のほうにビールの樽《たる》を転がしていくところだった。

「部屋は空いているかね、ネイバー」スパーホークが尋ねた。

「部屋ならどれも空いてますすよ、旦那。でも本当にお泊まりになるんですか。普通のお客さんなら文句のない部屋だが、騎士殿に泊まっていただけるほどのものじゃないんですよ」

「こんな雨の夜に野宿することを思えば、どんな部屋だろうと文句はないさ」

「それは確かですね。もちろんうちだって、お客さんがあるに越したことはない。この季節には旅人も少なくてね。裏の飲み屋だけ、かろうじて営業してるような状態なんです」

「今は飲み屋に誰かいるかね」

「六、七人ですよ。忙しいのは漁師が湖から戻ってくるころでね」

「われわれは十人だ。いくつか部屋がいるな。誰か馬の面倒を見てくれるかね」

「息子が厩のほうを見てますよ、騎士殿」

「大きな糟毛《かすげ》に気をつけるように言ってくれ。遊び好きで、すぐ嚙《か》もうとするから」

「注意しときます」

「じゃあ仲間を連れてくる。まず部屋を見せてもらうことにしよう。そうそう、浴槽はあるか。ずっと野宿だったんで、みんな少々におうと思うんだ」

「裏に浴室があります。あんまり使ってませんがね」

「よかった。湯を沸かしはじめててくれ。すぐに戻る」スパーホークはふたたび雨の中へと出ていった。

部屋は使っていなかったために少し埃《ほこり》っぽかったが、すばらしく居心地よさそうに見えた。ベッドは清潔で、虫がいる様子はなく、客室が並んだ奥には談話室まである。

「とてもいいところですね」部屋の中を見まわしてセフレーニアが言った。

「浴室もあります」とスパーホーク。

「ああ、それはすばらしい」教母は幸せそうにため息をついた。

「先に入ってください」

「いいえ、あとがつかえていると思うとゆっくりできません。殿方がお先にどうぞ」そう言って鼻をひくつかせ、「石鹼を使うことです。たっぷりとね。髪も洗ったほうがいいでしょう」

「風呂に入ったら平服に着替えてくれ」スパーホークは全員に声をかけた。「ここの人たちに少し質問をしたい。鎧《よろい》だと脅迫じみた感じになるからな」

騎士たちは甲冑《かっちゅう》を脱ぎ、短衣《チュニック》を手にして、鎧の下に着る錆《さび》の染みついた詰め物入りの下着姿で裏の階段を下りていった。クリクとベリットとタレンもいっしょだ。大きな樽形の浴槽でゆっくりと湯浴みをして、上がったときは全員がさっぱりした気分になっていた。

「芯《しん》から温まったのは一週間ぶりだな」カルテンが言った。「これでいつでも酒場に繰り出せるぞ」

タレンは全員の下着を部屋まで運ぶ役目を与えられ、少し不機嫌そうだった。

「仏頂面をするな」とクリク。「どうせ酒場に行かせるつもりはないんだ。おまえのお母さんに面目が立たないからな。セフレーニアとフルートに、もう風呂に入れると伝えてこい。いっしょに下りてきて、誰も覗《のぞ》いたりしないようにドアを見張ってるんだぞ」

「腹が減ったよ」

クリクは脅すようにベルトに手をかけた。

「わかった、わかったよ。興奮しないで」少年は急いで階段を上っていった。

酒場はいささか煙たく、床に撒《ま》かれたおが屑《くず》のあいだには銀色に光る魚の鱗《うろこ》が散らばっていた。平服に着替えた五人の騎士にクリクとベリットを加えた七人は、遠慮がちに中に入り、あいていた隅のテーブルに腰を落ち着けた。

「ビールだ。どんどん持ってこい」カルテンが女給に声をかけた。

「飲みすぎるなよ」スパーホークがささやく。「おまえは重いんだ。部屋まで運び上げるのはごめんだからな」

「心配するなって。おれはラモーカンドに十年いて、前後不覚に酔ったことは一度もないんだ。ここのビールは薄くて、水っぽいんだよ」

女給は典型的なラモーク人女性だった。腰と胸が大きく、ブロンドで、控えめな表情をしている。着ているのは農民ふうのブラウスで、衿《えり》ぐりが大きく、それに重そうな赤いスカートを合わせていた。木靴をかたかたと床に鳴らしながら、愛想笑いを浮かべている。やがて銅の帯を締めた木のジョッキに注がれた、泡立つビールが運ばれてきた。

「まだいてくれ」カルテンは女給にそう声をかけてから、息もつかずにビールを飲み干した。「こいつはもう空《から》になっちまったからな。もう一杯持ってきてくれ」そう言いながら馴《な》れ馴れしく尻を撫《な》でる。女給は笑い声を上げ、急いでお代わりを注ぎにいった。

「いつもこの調子なのか」ティニアンがスパーホークに尋ねた。

「機会さえあればな」

そのときカルテンが、店じゅうに聞こえるように大声を張り上げた。

「さっきから言ってるとおり、半クラウン銀貨を賭けたっていい。こんな北のほうで戦闘があったなんて、考えられるものか」

「だったらおれは、戦闘があったってほうに銀貨二枚だ」即座に作戦を見抜いたティニアンが応じる。

ベヴィエはしばらく戸惑った顔をしていたが、やがて目に理解の色が浮かんだ。

「言い合っていても決着はつかないでしょう」とあたりを見まわし、「誰かに聞いてみたらどうです」

アラスが椅子を引いて立ち上がり、大きな手をテーブルに叩きつけて注目を集めた。酒場にいる全員に向かって、大声で語りかける。

「みなさん、ここにいるわたしの二人の友人は、この四日間というものずっと議論を続けていて、とうとう金を賭けるところまできてしまった。はっきり言って、この話にはいい加減うんざりしている。たぶんみなさんの中には、議論に決着をつけてわたしの耳に平安を取り戻してくれる方がいるのではないかと思う。五百年前にあった戦争のことだ」そう言ってカルテンを指差し、「顎《あご》にビールの泡をつけているこの男は、こんな北のほうでは戦闘はなかったと言っている。もう一人の丸顔のほうは、このあたりでも戦闘はあったと言っている。どちらが正しいのだろうか」

長い静寂があった。やがて頰《ほお》を赤く染めたまばらな白髪の老人が、部屋の向こうからスパーホークたちのテーブルに近づいてきた。みすぼらしい服を着て、頭をぐらぐらさせている。

「たぶんお役に立てるんじゃあねえかと思うんだがよ、旦那がた」老人は甲高い声を出した。「おれの父っつぁんは、ここいらで戦《いくさ》があったって話をしょっちゅうしてたもんだ」

「このお人にもビールを頼むぜ、ベイビー」カルテンが親しげに女給に声をかける。

「カルテン、女の子の尻を撫でるのはおやめなさい」クリクが注意した。

「親愛の情を形にしてるだけさ」

「ものは言いようですね」

女給はまっ赤になってビールを取りにいった。目が誘うようにカルテンを見ている。

「気に入られたようだな。だが公衆の面前では慎んだほうがいい」アラスは頭の位置の定まらない老人を見やった。「おかけなさい、ご老体」

「こいつはすまんね、旦那。見たところずっと北の、サレシアのお方らしいが」老人はぎくしゃくと腰をおろした。

「いい読みだ。――父っつぁんは昔の戦のことをどんなふうに話してたんだね」

「そうさな」老人は髭の伸びかけた頬を指先で掻《か》いた。「どんなふうに話してたか思い出してみるってえと――」そこへ女給がビールのジョッキを運んできた。「おお、すまんな、ニーマ」

女給は笑みを返し、カルテンににじり寄った。「あんたはどう？」そう言ってジョッキを覗きこむ。

カルテンはかすかに赤くなって口ごもった。「ああ――まだいいよ、ベイビー」どうやら却《かえ》って気恥ずかしくなってきたらしい。

「何か欲しいものがあったら、何でも言ってちょうだい」ニーマは積極的だった。「何でもね。あたしはここにいるから。いい？」

「今はまだいい。たぶん、あとでな」カルテンが答えた。

ティニアンとアラスは長いこと顔を見合わせ、にやっと笑った。

「あなたがた北国の騎士は、世界の見方がわたしたちとは違うようですね」ベヴィエがわずかに戸惑った表情で言った。

「学びたいかね」アラスが尋ねる。

ベヴィエはいきなりまっ赤になった。

「いい男だ」アラスは満面の笑みを浮かべ、ベヴィエの肩を叩いた。「ただしばらくアーシウムには帰さずに、堕落させてやらんとな。ベヴィエ、おまえはわれらの愛するブラザーだが、いささか堅苦しすぎるところがある。もっと肩の力を抜いてみることだ」

「そんなに堅苦しいですか」ベヴィエはやや恥じ入っている顔になった。

「おれたちが直してやるさ」アラスが言った。

スパーホークはテーブル越しに歯のない口を開けて笑っているラモーク人を見た。

「この下らない論争を収めていただけますか、ご老人。本当にこんな北のほうでも戦闘があったのですか」

「ああ、確かにあったって話だ。実際、もっと北でも戦いはあったんだと。父っつぁんの話じゃあ、ずっとペロシアのほうまでやってたってこった。サレシアの軍勢は湖の北を迂《う》回《かい》して、ゼモック人に背後から襲いかかったんだわ。聞くところじゃあ、サレシア人の死体よりゼモック人の死体のほうがずっと多かったんだと。こいつはおれの考えなんだが、最初ゼモック人は一気に攻勢に出て、目につくもんを片っ端から殺しながらこっちへ進軍してきたんじゃあねえかな。このあたりの住人はたぶんその間じゅう、ずうっと地下室にでも隠れてたんだと思うね」老人はジョッキを大きくあおった。「でまあ、戦いはだいたいゼモック人の勝利ってことで終わりかけてたわけだ。そこへ北の国からこっちへ渡る船の準備に手間取ってたサレシア軍が遅れて現われて、ゼモック軍に襲いかかったってとこだろうさ。そりゃあすげえ戦いだったってこった」老人はアラスを見上げた。「こんな言い方をさせてもらえるなら、あんたらを怒らせると本当に怖いらしいなあ」

「天気と関係があるんだろう」

老人は残念そうにジョッキの中を覗きこんだ。「もう一杯もらってもいいかね」

「もちろんですよ、ご老人。カルテン、注文してくれ」スパーホークが言う。

「どうしておれが」

「おまえのほうが女給に気に入られてるからな。話を続けてください、ご老人」

「聞いたところじゃ、その恐ろしい戦いはこっから何リーグか北のほうであったんだと。サレシア軍団は湖の南の端で仲間を襲った運命に大いに心を傷めて、斧《おの》やら何やらでゼモック人に襲いかかったんだそうだ。何千て数の死体を埋めた墓がこの先にあって、しかも話によると、埋められてるのは人間ばかりじゃねえってこった。ゼモック人は仲間がどんなやつでもあんまり構わんかったらしい。少なくともそう言われてるな。今でも墓が残ってるよ。でっかい土の塚で、草やら藪《やぶ》やらが生い茂ってるがね。土地の農民が畑を耕すと、五百年経《た》った今でも骨やら古い剣やら槍やら斧の頭やらが出てくるって話だ」

「父っつぁんはサレシア軍の指揮官が誰だったか言っていなかったかね」アラスが用心深く尋ねる。「おれの親族もあの戦いに参加してたんだが、どうなったのかわからないままなんだ。指揮していたのはサレシア国王だったんだろうか」

「そりゃ何とも言えねえなあ」老ラモーク人はかぶりを振った。「このあたりの人間は、殺し合いのまっただ中へ出かけていこうなんてしなかったろうしよ。平民はそんなことには関わり合いにならねえもんだ」

「国王ならかなり目立ったはずなんだ。古い伝説によると、七フィート近い大男で、王冠には大きな青い宝石がはまっていた」

「そういう人の話は聞いたことがねえな。まあ今も言ったけど、平民は戦場になんて近づこうともしねえから」

「このあたりに、ほかにも昔の戦いについて詳しく知っている人はいませんか」ベヴィエが何気ない調子で尋ねる。

「いねえこともねえだろうが、うちの父っつぁんはこのあたりじゃあ一番の語り手だったからよ。五十くれえのとき荷車に轢《ひ》かれて、背骨をひどく折っちまってな。よくこの酒場の椅子に座って、仲間たちと何時間も昔の話をしてたもんさ。本当に楽しそうだった。ほとんど身動きもできなくて、ほかにやることがなかったんだな。おれはその話をみんな教えてもらった。大のお気に入りだったからよ。この店で、よくバケツにビールを入れて運んでやったもんさ」老人はアラスを見やった。「残念だけど、おれの聞いた話の中にはそういう王様の出てくるのはなかった。でもまあとにかくでっかい戦いだったし、土地の人間は戦場には近づかんかったろうからな。その王様はいたんだけど、たまたまおれの知ってる話に出てこねえだけなのかもしんねえ」

「その戦いは、ここから何リーグか北であったと言いましたね」スパーホークは先を促した。

「だいたい七マイルってとこかね」老人は尻の大きな女給の持ってきた二杯めのビールに口をつけた。「正直なところを言うとな、お若い殿様、おれはここんとこあんまり調子がよくなくって、昔ほど遠出もしなくなってんだ」老人は値踏みするように目を細めた。「こういう言い方を許してもらえるなら、昔のサレシア王がその戦いに参加してたかどうか、ずいぶんと興味をお持ちのようだね」

「なに、単純なことだ」とアラス。「サラク王はサレシアでは国の英雄でね。その国王がどこで亡くなったのか突き止めることができれば、大いに名を挙げることができるというわけさ。ウォーガン王はおれを伯爵にしてくれるかもしれん——たまたまそのとき素面《しらふ》でいればの話だが」

老人は小さく笑った。

「噂は聞いてるよ。本当に言われてるほどの酒飲みなのかい」

「たぶん噂以上だ」

「それで何だ——伯爵だって？　それなら探索のし甲斐《がい》もあるってもんだ。伯爵様には戦場を少し掘り返してみるこったね。何か手がかりになるもんが出てくるかもしんねえ。背丈が七フィートの王様だって——ずいぶんと立派な鎧やら何やら身に着けてたんだろうな。そういや、ワトって名前の農民がいるんだ。おれと同じで昔話に目がなくて、しかも言ってみりゃ、戦場がそいつの裏庭って感じでね。手がかりになりそうなもんを掘り出したのがいるとしたら、まずあいつだろうな」

「ワトという人ですね」スパーホークは何気ないふうを装って確認した。

「すぐわかるよ。ひどい斜視《やぶにらみ》で、しかもしょっちゅう身体を掻《か》いてる。三十年来の疥癬《かいせん》持ちでな」老人は何かを期待するように、空になったジョッキを振った。

「おうい、ねえさん」アラスはベルトの袋から数枚の硬貨を取り出した。「これでこの人に、テーブルの下に伸びちまうまで飲ませてやってくれ」

「こいつはすまねえなあ、伯爵様」老人は相好を崩した。

「伯爵ともなれば、気前よくしないとな」アラスが笑いながら答える。

「こいつは何よりだよ」

一行は飲み屋を出て、階段を上っていった。

「なかなか収穫があったじゃないですか」とクリク。

「運がよかった。あの老人が今夜あそこにいなかったら、どうするつもりだったんだ」

カルテンが言う。

「そのときは誰かがあの人を教えてくれたさ。ビールをおごってくれる人間には、みんな親切だからな」

「アラスがでっち上げた筋書きは覚えておいたほうがいいな。国王の遺骨をサレシアへ持ち帰りたいと言えば、埋められた場所を尋ねて歩いても不審に思われることはないだろう」ティニアンが言った。

「それは嘘をつくことになりませんか」とベリット。

「そんなことはない」アラスが答える。「王冠を手に入れたら、サラク王の遺体はサレシアで埋葬しなおすわけだろう」

「当然です」

「だったらそれでいいじゃないか」

ベリットは疑わしげな顔になった。

「夕食の準備をしてきます。でもその論理には欠陥があると思いますよ、サー・アラス」

「そうか？」アラスは驚きの表情を浮かべた。

翌朝もやはり雨だった。カルテンはスパーホークと同室だったが、夜のあいだにどこかへ抜け出したようだった。友人が部屋を抜け出したことについて、スパーホークは豊かな腰の、きわめて友好的な女給ニーマの関与を疑ったが、カルテンに問いただすことはしなかった。何といってもスパーホークは騎士であり、紳士なのだ。

たっぷり二時間ほど北へ進むと、草に覆われた塚が点在する広い牧草地に出た。

「どれから始めたものかな」ティニアンは馬を下りて考えこんだ。

「好きなのを選んでくれ」スパーホークが言った。「ワトという農民に聞けばもう少し詳しいことがわかるかもしれんが、とにかくまずここから手を着けてみよう。時間の節約になるかもしれない。時間は足りなくなってきているんだ」

「いつも女王のことを心配しているんですね」とベヴィエ。

「もちろんだ。それがわたしの責任だからな」

「それだけではないような気がしますね。あなたの女王への献身は、義務の域を越えています」

「ばかにロマンティックだな、ベヴィエ。女王はまだほんの子供だぞ」スパーホークは腹を立てると同時に、言い訳めいた口調になっていた。わざとぶっきらぼうに、全員に声をかける。

「始める前にまずあたりを見まわっておこう。ゼモック人に見張られていては困るし、こちらが手いっぱいのところを、シーカーに支配された無表情な兵士たちに襲われたりしたら、もっと困ったことになる」

「撃退してみせるさ」カルテンが自信たっぷりに応じる。

「たぶんできるだろうが、眼目はそこじゃない。敵を一人殺すたびに、こっちのだいたいの居所をシーカーに教えてやることになるんだ」

「オサの手先の虫けらめ、そろそろうんざりしてきたぜ。こういう隠密行動は性に合わ

る」

「どことなくサレシアっぽい感じがするな。あれはどうだ」アラスが低い土饅頭を指差す。

騎士たちはセフレーニアと子供たちを帆布の屋根の下に残して付近を偵察した。誰もいないらしいとわかると、一行は塚の前に戻った。

「かもしれんが、しばらくは我慢してたほうがいいぞ」

ないんだ」

ティニアンは肩をすくめた。「ほかのと変わらないよ」

全員が馬を下りると、スパーホークはティニアンに声をかけた。

「無理はするなよ。疲れてきたら切り上げるんだ」

「情報が必要なんだろう、スパーホーク。おれなら大丈夫だ」ティニアンは重い兜《かぶと》を取り、馬から下りてロープの束を手にすると、塚の頂きに前日と同じ図形を描きはじめた。やがてかすかに顔をしかめて背筋を伸ばす。「さて、やるか」青いマントを跳ねのけ、スティリクム語の呪文を朗々と唱えながら両手を複雑に動かし、最後に鋭く両手を打ち鳴らす。

塚が地震のように激しく揺れ動いた。地中から現われたものの動きは、前のようにゆっくりしてはいなかった。咆哮《ほうこう》しながら起き上がってきたのは、人間とは似ても似つかない姿の怪物だった。

「ティニアン！　戻しなさい！」セフレーニアが叫ぶ。

しかしティニアンは恐怖に目を見張ったまま、魅入られたように立ちつくしていた。怪物が突進してきた。呆然《ぼうぜん》としているティニアンを打ち倒し、爪と歯でベヴィエに襲いかかる。

スパーホークが剣を抜くのを見て、セフレーニアが叫んだ。

「その武器は通用しません！　アルドレアスの槍《やり》を使いなさい！」

スパーホークはくるっと振り向いて、鞍から柄の短い槍を引き抜いた。

ベヴィエに襲いかかった怪物は、白いマントの騎士を子供でも持ち上げるように甲冑ごと軽々と頭上に差し上げ、おそろしい勢いで地面に叩きつけた。次いでカルテンに飛びかかり、兜をねじり取ろうとする。そこへアラスとクリクとベリットが駆け寄って、それぞれに武器を振るった。だが驚いたことに、重い斧もクリクのフレイルも、すさまじい火花を散らして跳ね返されるばかりで、まったく相手の肉体に食いこまない。そのときスパーホークが槍を低く構えて駆けつけた。カルテンは人形のように振りまわされ、黒い兜はへこんで傷だらけになっていた。

スパーホークは狙いすました一撃を、力いっぱい怪物の脇腹に叩きこんだ。怪物が悲鳴を上げ、スパーホークに向き直る。騎士は続けざまに槍を突き出した。一撃するごとにすさまじい力の波が槍からほとばしる。やがて隙《すき》を見つけたスパーホークは、一度フェイントをかけてから、槍の穂先をまっすぐ怪物の胸に突き立てた。恐ろしげな口がかっと開き、赤い血ではない、何か黒いどろどろした液体があふれた。スパーホークは槍をひねってさらに深く相手の身体に突き立て、傷口を広げた。怪物が一声わめいて地面に倒れる。槍を引き抜くと、怪物は胸にできた傷を押さえて咆哮しながら塚の頂きに駆け上がり、現われたのと同じ場所からふたたび地面の下に姿を消した。

ティニアンは泥の中に膝を突き、両手で頭を抱えてすすり泣いていた。ベヴィエは地面の上でぴくりとも動かず、カルテンは座りこんでうめいている。

セフレーニアは急いでティニアンに近づき、すばやく顔を見ると早口にスティリクム語をつぶやき、手で呪文を編み上げた。すすり泣く声が小さくなり、しばらくするとティニアンは横ざまに地面に倒れた。

「回復するまで眠らせておきましょう。回復することがあるとしての話ですが。スパーホーク、カルテンをお願いします。わたしはベヴィエを診《み》ます」

スパーホークはカルテンに近づいた。「どこをやられた」

「肋骨を何本か折られたな」カルテンがあえぐように答える。「何だったんだ、あいつは。剣が跳ね返されたぞ」

「その話はあとにしよう。まずその鎧を脱がせて、肋骨を固定しないと。折れた骨が肺を突き破ったりしたらことだ」

「まったくだよ」カルテンはうめいた。「それでなくても身体じゅうが痛いんだ。これ以上の厄介ごとはごめんだな。ベヴィエはどんな具合だ」

「まだわからん。セフレーニアが診てる」

ベヴィエの傷はカルテンよりも重そうだった。スパーホークはカルテンの胸に幅の広い包帯をしっかりと巻きつけ、ほかに傷のないことを確かめてから、アーシウム人の様子を見にいった。「どうです」とセフレーニアに尋ねる。

「かなり重傷ですね。傷口はないのですが、内臓が出血しているようです」

「クリク、ベリット、天幕を張れ」スパーホークが命じた。「怪我人を雨ざらしにしとくわけにはいかん」あたりを見まわすと、タレンが疾駆《ギャロップ》で馬を駆っていくところだった。

「どこへ行くつもりだ」苛立たしげに呼びかける。

「馬車を探しにいかせました」とクリク。「怪我人を早く医者に見せないと。三人とも馬に乗れるような状態じゃありません」

アラスは眉根を寄せていた。

「どうしてその槍は刺さったんだ。おれの斧ははじき返されたのに」

「よくわからん」とスパーホーク。

「指輪ですよ」意識のないベヴィエから目を離さずに、セフレーニアが答えた。

「あの怪物を突き刺したとき、何かが起きているみたいでした」とスパーホーク。「前にはあんな力を見せたことはなかったのに」

「それは指輪が離れていたからです。でも今回は一つがあなたの指に、もう一つが槍の中にありました。そのようにいっしょにすると、大いなる力が引き出されるのです。何と言ってもベーリオンの一部なのですから」

「なるほど」とアラス。「しかし何が悪かったのかな。ティニアンはサレシア人の亡霊を呼び出そうとした。どうしてあんな怪物が目覚めてしまったんだ」

「墓を間違えたのですよ。死霊魔術はそういう点で精密さに欠けるのです。ゼモック人が侵攻してきたとき、アザシュはみずから創造した怪物をいっしょに差し向けました。ティニアンはそうした怪物を呼び出してしまったのです」

「ティニアンはどうなります」

「怪物と接触したことで、心が破壊されるところでした」

「治るんですか」とアラス。

「わかりません。何とも言えないのです」

ベリットとクリクが天幕を張り終え、スパーホークとアラスは傷ついた仲間をその中に運びこんだ。

「火を焚《た》かないと」とクリク。「この天気じゃあ、簡単にはいきませんね。いくらか乾いた薪《たきぎ》はありますけど、そう長くはもちません。三人ともずぶ濡れで、身体が冷えてしまってる。乾かして、温かくしてやらないと」

「どうしたらいいと思う」スパーホークが尋ねる。

「何とか考えてみます」

タレンが戻ってきたのは午過《ひる》ぎのことだった。荷車よりは多少ましという程度の馬車を引いている。

「こんなのしかなかったんだよ」

「盗んだのか」クリクが尋ねた。

「ううん、追いかけられるのは嫌だったから、買ってきた」

「金はどうした」

タレンは父親のベルトに吊るしてある革の財布にちらりと目を向けた。

「腰のあたりが少し軽く感じない？」

クリクは悪態をついて、財布の中を調べた。底がきれいに切り裂かれていた。

「これが残りだよ」タレンは片手いっぱいほどの硬貨を差し出した。

「わたしから金を盗んだのか」

「頭を冷やしなよ。スパーホークやほかのみんなは鎧を着てて、財布はその中だったんだ。手が出せるのはその財布しかなかったんだよ」

「この積み荷は何だ」馬車の中を覗いたスパーホークが尋ねた。

「乾いた薪だよ。納屋に積み上げてあったんだ。鶏《にわとり》も少し持ってきた。馬車は盗んだんじゃないけど、薪と鶏は盗んだのさ。練習のためにね。そうそう、その農夫の名前だけど、ワトっていうんだ。斜視で、しょっちゅう身体を掻いてた。ゆうべ酒場から出てきたとき、誰かが重要人物だとか言ってたのはこの人のことじゃないの」

第二部　ガセック

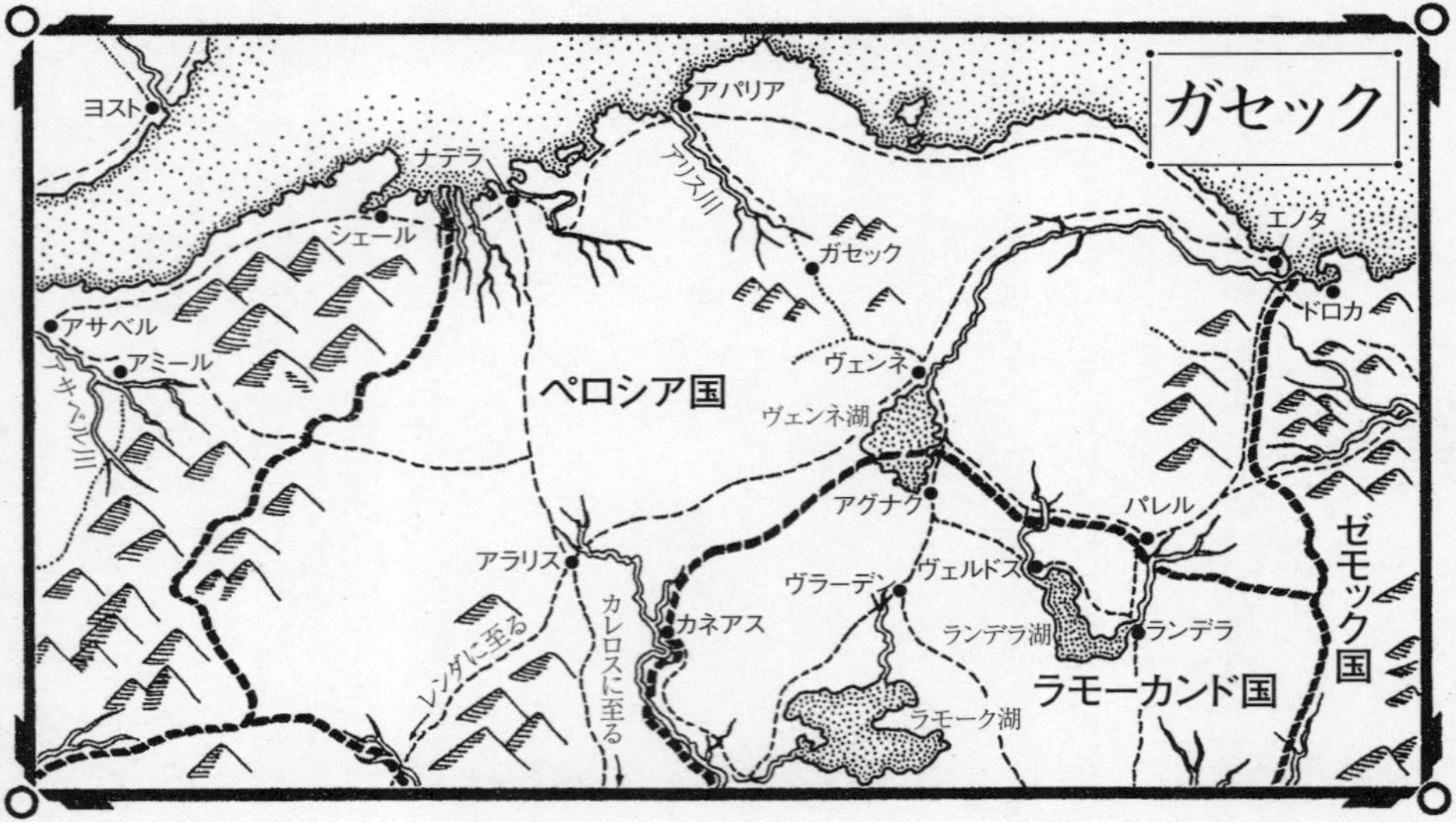
ガセック
ヨスト
アパリア
ナデラ
シェール
アリス川
ガセック
エノタ
ドロカ
アサベル
アミール
アキベル川
ペロシア国
ヴェンネ
ヴェンネ湖
アグナク
パレル
アラリス
ヴェルドス
ヴラーデン
カネアス
ランデラ湖
ランデラ
レンダに至る
カレロスに至る
ラモーカンド国
ラモーク湖
ゼモック国

10

雨は小降りになり、気紛《きまぐ》れな風が湖から吹きはじめた。泥道のあちこちに点在する水たまりの上に、風が雨の幕を吹き広げる。クリクとベリットはまわりを天幕で囲んだ場所に火を熾《おこ》し、風上側に帆布の風よけを張った。風が炎を吹き消してしまうのを防ぐほか、傷ついた騎士たちが身体を暖められるようにという配慮もあった。

乾かしたマントに巨体を包んだアラスがテントの一つから出てくると、太い眉を寄せて空を仰いだ。「上がりそうだな」

「そう願いたいね」スパーホークが答えた。「ティニアンたち怪我《けが》人をあの馬車に乗せて嵐の中を突っ切るのは、ちょっとどうかと思っていた」

アラスはうなり声で同意を示し、むっつりした顔で言った。

「あまり見通しが明るいとは言えない。三人が負傷して、ベーリオンの手がかりはほとんどない」

スパーホークもそれは認めざるを得なかった。「セフレーニアの様子を見てこよう」

二人は火のそばを迂回《うかい》し、小柄なスティリクム人女性が怪我人の看病をしているテントに向かった。

「どんな具合です」スパーホークが尋ねる。

「カルテンは大丈夫そうです」教母は赤い毛布をブロンドのパンディオン騎士の顎《あご》まで引き上げた。「前にも骨を折ったことがあります。この人は治りが早いのです。ベヴィエには出血を止める薬を与えておきました。いちばん心配なのはティニアンです。何か手を打たないと、それも早急に何とかしないと、ティニアンの精神は永久に失われてしまうでしょう」

スパーホークは身震いした。「どうにもならないんですか」

セフレーニアは顔をしかめた。

「ずっと考えていたのです。精神というのは、肉体よりもはるかに厄介なものなのですよ。細心の注意を払って取り扱わなくてはなりません」

「実のところ、何があったんです」アラスが尋ねた。「さっきの説明ではよくわからなかった」

「呪文の最後のところで、ティニアンは塚から現われた怪物に対してまったく無防備になっていました。普通なら死者はゆっくりと起き上がりますから、守りを固める時間はじゅうぶんにあるのです。しかしあの怪物は本当の意味で死んではおらず、術者が身を守る前に襲いかかってきました」教母は土気色になったティニアンの顔を眺めた。「一つだけ方法があります」やや疑わしげな口調で、「やってみる値打ちはあるでしょう。これ以外の方法で、ティニアンの正気を取り戻せるとは思えません。フルート、こちらへ」

地面に敷いた帆布の上に足を組んで座っていた少女が立ち上がった。裸足の足に草の汁の染みがついていることを、スパーホークはぼんやりと意識していた。この泥と雨の中でも、フルートの足にはいつもあの緑の染みがついている。少女は黒い瞳にもの問いたげな色をたたえて、静かにセフレーニアに歩み寄った。

セフレーニアがスティリクム語の方言で少女に話しかける。

フルートはうなずいた。

「それでは二人とも、外に出ていてもらいましょう。あなたがたに手伝えることはありません。むしろ足手まといです」

「外で待ってます」はっきりした言葉で追い出されて、スパーホークはやや恥じ入ったような気持ちになった。

「どうもありがとう」

二人の騎士は天幕の外に出た。

「はっきりものを言う人だ」アラスが感想を述べた。

「何かに真剣になっているときはな」

「パンディオン騎士は、いつもあんな調子でやられてるのか」

「そうだ」

天幕の中からフルートの笛の音が聞こえてきた。騎士館の外の見張りや、ヴァーデナイスの波止場で兵士の目をごまかしたときのメロディーに似ているが、少しだけ違っているようだ。セフレーニアがスティリクム語で、一種の対旋律のように呪文を唱えている声も聞こえる。と、天幕がいきなり不思議な黄金色の光に包まれた。

「あんな呪文は聞いたことがない」アラスが言った。

「騎士団で教えるのは、必要と思われる呪文だけだからな。スティリクムの魔法には、われわれがその存在すら知らない膨大な未知の領域があるんだ。難しすぎる呪文や、危険すぎる呪文がね」スパーホークは声を張り上げた。「タレン！」

年若い盗賊が別の天幕から頭を突き出した。「何だい」

「こっちへ来い。話がある」

「中で話さない？　濡れちゃうよ」

スパーホークはため息をついた。

「いいから出てこい。何かしろと言うたびに口答えするのはやめてくれ」

少年はぶつぶつ言いながら天幕を出て、用心深くスパークホークに近づいた。

「またおいらを叱るつもり？」

「そんなことは言ってない。あの馬車を買った相手の農夫はワトって名前だったと言ったな」

「うん」

「その男のところまでどのくらいだ」

「二マイルくらいかな」

「どんな男だった」

「目は左右が別々のほうを向いてて、しょっちゅう身体を掻《か》いてた。酒場で爺《じい》さんが言ってたの、あの人のことじゃないかな」

「どうしてそんなことを知ってる」

タレンは肩をすくめた。「ドアの外で聞いてたんだよ」

「盗み聞きか」

「そういうふうには考えてないけどね。おいらは子供なんだ――少なくとも、みんなそういう目でおいらを見てる。で、大人は子供に事情を説明しなくちゃならないなんて考えない。だから子供は、どうしても何かを知りたいと思ったら、自力でつかんでくるしかないんだ」

「筋は通っている」とアラス。

「マントを取ってこい」スパーホークがタレンに言った。「二人でちょっと、そのかゆがりの農夫のところへ行ってみようじゃないか」

タレンは雨の降りつづいている広野を見て、ため息をついた。

天幕の中から聞こえていたフルートの笛の音がやみ、セフレーニアの呪文も聞こえなくなった。

「吉と出たか凶と出たか」とアラス。

緊張して待ち受けていると、ややあってセフレーニアが顔を出した。

「もう大丈夫だと思います。中に入って、話してみてください。どう返答するかを聞けば、もっと様子がはっきりするでしょう」

ティニアンは枕で身体を支えて起き上がっていた。顔はまだ灰のように白く、両手は細かく震えている。しかしその目は、まだ怯《おび》えの色はあるものの、健康な輝きを取り戻していた。

「具合はどうだ」スパーホークは努めて何気なさそうに尋ねた。

ティニアンは弱々しい笑い声を上げた。

「知りたいっていうなら教えてやろうか。身体を裏返しにされて、また元に戻されたみたいな気分だ。あの怪物は倒したのか」

「スパーホークが槍で追い払った」とアラス。

ティニアンの目にまた恐怖が湧き上がった。

「じゃあ、戻ってくるかもしれないのか」

「それはないだろう。塚の中に飛びこんで、穴を塞《ふさ》いでしまったから」

「ありがたい」ティニアンは安堵《あんど》のため息をついた。

「少し眠ったほうがいいでしょう」セフレーニアが言った。「話ならあとでゆっくりできます」

ティニアンはうなずいて、ふたたび横になった。

セフレーニアは毛布をかけてやってからスパーホークとアラスに合図し、先に立って外に出た。

「あの分なら大丈夫だろうと思います。笑うのを聞いてほっとしました。まだ時間はかかるでしょうが、治りはじめています」

「タレンと二人で例の農夫に会ってきます」スパーホークが言った。「どうやら宿屋の老人が言っていた男らしいので。次にどうすればいいか、手がかりがつかめるかもしれません」

「何でもやってみないとな」アラスは少し疑わしげだった。「こっちのことはクリクとおれが目を光らせている」

スパークホークはうなずき、いつもならカルテンと二人で使っている天幕の中に入った。甲冑《かっちゅう》を脱ぎ、かわりに鎖帷子《くさりかたびら》と羊毛製の脛《すね》当てを着ける。腰に剣を吊ってから、フードのついた灰色の旅行用マントを引っ張り出して肩にまとった。その格好で火の前に戻る。

「行こうか、タレン」

少年はあきらめたような顔で天幕から出てきた。まだ湿っているマントを身体に巻きつけている。

「説得してもやめるつもりはないよね」

「ない」

「せめてあの人が、まだ納屋を覗《のぞ》いてないことを祈るよ。薪《たきぎ》が減ってるのを見たら頭にくるだろうからね」

「必要とあれば金を払うさ」

タレンは顔をしかめた。

「おいらが苦労して盗んできたのに？　それはないよ、スパークホーク。モラルに反するってもんだ」

スパークホークは不思議そうな顔になった。「いつか泥棒のモラルってものを説明してもらわないとな」

「単純なことなんだよ。一番の基本は、何に対しても金を払わないこと」

「そんなことじゃないかとは思った。行こう」

スパークホークとタレンが湖に向かううちに、西の空は目に見えて明るくなり、雨はときどきぱらぱらと落ちてくる程度に弱まった。スパークホークの心も少し明るくなった。ここまでの道のりは険しかった。シミュラを発《た》って以来ずっとつきまとっていた不安は的中したが、誤った道に踏みこんでしまったという確信があればこそ、次の一手を打つ決意も固まるのだ。損害は黙って受け入れて、スパークホークは明るさを増した空に向かって進みつづけた。

農夫ワトの家と納屋は小さな谷間に建てられていた。どことなくだらしない感じで、丸太を組んだ矢来も風で斜めにかしいでしまっている。家は丸太と石を半々に使い、屋根など見るからに貧相で、全体として荒れ果てた印象があった。納屋の状態はさらにひどく、本当ならとうに倒壊しているところを、長年の習慣なので仕方なく建っているとでもいった感じだった。泥だらけの裏庭には壊れた荷車が転がり、農具が持ち主の放置した場所でそのまま錆《さ》びついている。濡れたみすぼらしい鶏が泥の中をとぼとぼと歩き、白黒の痩《や》せた豚が一匹、玄関の前で土を掘っていた。

「あんまり感心しないだろ」馬で近づきながら、タレンがスパークホークに言った。

「シミュラでおまえが住んでいた地下室も、整頓されていたとは言えないと思うがね」

「でも少なくとも人目にはつかなかったろ。ここは散らかってるのが外から丸見えじゃないか」

くしゃくしゃの汚い髪をした、左右の視線の合っていない男が家の中から現われた。紐《ひも》で縛って留めたような服を着て、片手でぽりぽりと腹を掻《か》いている。

「何しにきた」親しげとはいえない口調で尋ねる。「あっちへいってろ、ソフィ」そう言って豚を蹴とばす。

「村であるお年寄りと話をしたんだがね」スパーホークは肩越しに親指で背後を指差した。「首のぐらぐらしている白髪のご老人で、昔話に詳しい人だ」

「そいつはファーシュの爺さんだな」

「名前は聞かなかった。宿の酒場で会ったんだ」

「なら間違いなくファーシュだ。ビールのあるとこにいるのが好きだからな。それがおれと何の関わりがある」

「あなたも昔の話が好きだと聞いたのでね。五百年ほど前にこのあたりであった、戦いの話だ」

斜視《やぶにらみ》の男の顔がほころんだ。

「おお、そうなんだよ。おれとファーシュはしょっちゅうそんな話を聞かせ合ってる。まあ中に入っちゃどうかね、旦那、それに坊やも。このところ古き良き時代の話をする相手がいなくてな」

「いや、これは申し訳ない、ネイバー」スパーホークはファランの背から下りた。「来い、タレン」

「馬は納屋に入れとくといい」腹を掻きながら男が言う。

ファランは壊れそうな納屋を見て身震いした。

「どうもありがとう。だが雨も上がりかけているようだし、風で身体も乾くだろう。よかったら外に出しておきたいんだが」

「誰かが馬を盗もうとするかもしれん」

「この馬に限ってそんなことはない。他人が欲しがるような馬じゃないんだ」

「まあ、盗まれても歩いて帰るのはあんただからね」男は肩をすくめ、家のドアを開いた。

家の中も庭に劣らない散らかりようだった。テーブルの上には食事の残りが散乱し、部屋の隅には汚れた衣類が山をなしている。

「おれはワトだ」男は自己紹介をして、椅子に腰をおろした。「まあ座ってくれや」そう言ってタレンを見つめる。「なんだ、古い馬車を買ってった若いのじゃないか」

「そうです」タレンはやや落ち着かなげな様子だ。

「ちゃんと走ってるかい。車輪が取れたりなんかってことはないだろうね」

「大丈夫です」少しほっとしたようだ。

「そいつはよかった。さて、どの話を聞きたいんだい」

「ぜひ知りたいのは、あの戦いで当時のサレシア王がどうなったかということなんだ。その一何か知っていることがあれば教えてもらいたい。友人の一人が王の遠い親戚で、その一族が遺骨をサレシアに持ち帰って、きちんと埋葬したいと言っているんだ」

「サレシアの王様の話は聞いたことがねえな。だからって、その王様がこっちへ来なかったってことにはならんがね。何しろ大きな戦いだったし、サレシア軍は湖の南の端からペロシアまで、ずっとゼモック軍と戦ってたんだ。つまりこういうことさ。サレシア軍が北の海岸に上陸するのをゼモックの偵察隊が見つけて、オサはかなり大規模な部隊を差し向けた。サレシア軍が主戦場まで行き着けないようにな。最初のうちサレシア軍は小人数の部隊で南下してきて、ゼモック軍はつぎつぎとそれを片付けていった。サレシアの部隊が待ち伏せされて戦いになった場所は、このあたりにいくつもあるんだ。だがやがてサレシア軍の本隊が上陸して、形勢は逆転した。自家醸造のビールが裏にあるんだが、少しどうかね」

「わたしは構わないが、この子にはまだ早いな」

「だったらミルクでもどうかね、若いの」

タレンはため息をついた。「いただきます」

スパーホークは当時の状況を考えていた。

「サレシア王は最初に上陸した部隊の中にいたはずだ。本隊に先立って出発したが、主戦場まではたどり着けなかった」

「だったら遺体はペロシアか、場合によっちゃディラに埋められてるだろう」そう答えるとワトは立ち上がり、ビールとミルクを持ってきた。

「ずいぶん範囲が広いな」スパーホークは顔をしかめた。

「そりゃまあそうだ。確かにな。でもやり方は間違っちゃいない。ペロシアにもディラにも、おれやファーシュ爺さんみたいに、昔の話が好きな連中はいるだろう。その王様が埋められてる場所に近づけば、知りたいことを話してくれる誰かにぶつかる可能性も、それだけ大きくなろうってもんじゃないか」

「確かにそのとおりだ」スパーホークはビールを口に含んだ。冴《さ》えないビールだったが、今はそれがどんなビールよりもおいしく感じられた。

ワトは椅子の背もたれに寄りかかって胸を掻いた。

「要するにあの戦いは大きすぎて、一人が全体を見わたせるようなもんじゃなかったってことだ。おれはこのあたりで起きたことならよく知ってるし、ファーシュは村から南であったことに詳しい。全体として何がどうなったかってことは、たいてい誰でも知ってる。だけどある特定の出来事について知りたいってことになると、それが起きた場所の近くに住んでる者に聞くしかないわけだな」

スパーホークはため息をついた。

「つまり幸運を当てにするしかないってことか。こっちが聞きたい話を知ってる人物のすぐ横を通り過ぎながら、尋ねてみようとさえ思わないかもしれない」

「それはちょいと違うように思うがね。おれたちは話を聞かせ合うのが好きで、お互いによく知ってる。ファーシュがあんたがたをここへ寄越したように、おれはペロシア国のパレルにいる知り合いを紹介してやれる。そいつはあのあたりで起きたことについちゃおれよりずっと詳しいし、もっと別の場所であったことをよく知ってる、別のやつを紹介することもできるだろう。やり方は間違ってないって言ったのはそういう意味さ。次々に知り合いを紹介してもらって、聞きたい話を知ってるやつにぶつかるまでそれを続けりゃいいんだ。ペロシアやディラの北部一帯を端から掘り返すより、そのほうがずっと手っ取り早いってもんさ」

「なるほど、そのとおりだ」

男は歪《ゆが》んだ笑みを浮かべた。

「悪気で言うわけじゃないが、あんたがた紳士には、おれたち平民が何も知らないって思いたがる癖がある。でも平民を全部合わせたら、この世におれたちが知らないことなんてほとんどないんだよ」

「覚えておこう。そのパレルの知り合いというのは？」

「皮なめしの職人で、バードってやつだ。阿呆《あほう》な名前だが、ペロシア人はみんなそうだからな。街の北門のすぐ外で皮なめし場をやってる。においがひどいもんで、街中じゃあ仕事ができないんだ。まずバードに会ってみることだね。たとえあんたの知りたがってる話を知らなくても、知ってるやつを紹介してくれるだろう。あるいは別のやつを紹介してくれる誰かをね」

スパーホークは立ち上がった。

「ワト、あなたには世話になった」数枚の硬貨を手渡して、「今度村へ行ったら、これでビールでもやってくれ。もしファーシュに会ったら、あの人にも一杯おごってやってくれ」

「こいつはすまないね、旦那。そうさせてもらうよ。探し物が早く見つかるといいな」

「ありがとう。ところで、よかったら薪を少し売ってもらいたいんだが」スパーホークはさらに数枚の硬貨をワトに渡した。

「ああ、いいとも。納屋にあるから案内してやろう」

「いや、それには及ばない」スパーホークは微笑んだ。「もう貰《もら》ってあるんだ。行くぞ、タレン」

スパーホークとタレンが外に出ると、雨はすっかり上がっていた。西方の湖の上には青空が広がっている。

「あそこまでやらなくちゃいけなかったの」タレンの声は不満そうだった。

「ワトの話はとても役に立ったんだ」

「そんなこと関係ないよ。そもそも大した手がかりはなかったじゃない」

「最初の一歩だよ。ワトはあまり聡明そうには見えないが、なかなか目端の利《き》く男だ。昔の話が好きな連中を次々たどっていくというのは、これまでのところいちばん見込みのありそうな方法なんだ」

「時間がかかりそうだけど」

「ほかの方法よりはずっと短くてすむ」

「じゃあ、ここまで来たのも無駄じゃなかったわけだね」

「パレルの皮なめし職人と話してみれば、もっとはっきりするさ」

スパーホークと少年が野営地へ戻ってくると、アラスとベリットが火のそばにロープを張って濡れた服を乾かしていた。

「収穫は」アラスが尋ねる。

「まずまずだな。サラク王がこんな南のほうまで来ていないのは、どうやら間違いないようだ。ベヴィエが読んで知っている以上に、ペロシアやデイラでもかなり戦闘があったらしい」

「次はどうする」

「ペロシアのパレルという街へ行って、バードという皮なめし職人の話を聞く。この男がサラク王のことを知らなくても、知っていそうな別の人間を教えてくれるだろう。ティニアンはどうだ」

「まだ眠ってる。ベヴィエは目を覚まして、セフレーニアがスープを飲ませた」

「いい兆候だ。セフレーニアと話をするから、いっしょに来てくれ。天気もよくなったことだし、もう移動しても大丈夫だろう」

二人は教母の天幕に入り、スパーホークはワトから聞いた話をくり返した。

「それは悪くない手ですね。パレルまでの距離はどのくらいです」

「タレン、地図を持ってきてくれないか」

「どうしておいらが」

「わたしが頼んでいるからだ」

「わかったよ」

「地図だけだぞ。ほかのものを荷物の中から出すんじゃない」

少年が戻ってくると、スパーホークは地図を広げた。

「なるほど。パレルは湖の北の端ですね。ペロシア国に入ってすぐのところだ。十リーグくらいでしょうか」

「あの馬車はあまりスピードが出ません」クリクが口をはさむ。「怪我人のことを思えば、あまり揺れないようにする必要もあります。二日はかかると見るべきでしょう」

「パレルまで行けば医者を探すこともできます」とセフレーニア。

「馬車は必要ありませんよ」ベヴィエは強がってそう言ったが、顔色は蒼白で、激しく汗をかいている。「ティニアンもだいぶよくなりましたし、カルテンとわたしは大した怪我ではありません。馬で行けます」

「わたしがいいと言うまではだめだ」スパーホークが言った。「わずかな時間を節約するために、きみの命を賭けることはできない」天幕の出入口から外を覗き、「そろそろ暗くなってきた。今夜はぐっすり眠って、明日の朝一番に出発することにしよう」

カルテンがうめいて、苦しそうに身体を起こした。

「そいつはいい。そうと決まれば、今夜の夕食はどうする」

食事を終えたあと、スパーホークは焚《た》き火のそばに腰をおろした。むっつりと炎を見つめていると、セフレーニアがやってきた。

「どうかしたのですか、ディア」

「落ち着いて考えてみると、これは何とも迂遠な方法なんじゃないでしょうか。この先二十年も老人の昔語りを聞きまわって、ペロシアとディラを放浪することになるかもしれない」

「わたしはそうは思いません。ときどき予感があって——ちらりと未来が見えることがあります。わたしたちは正しい道を進んでいると思います」

「予感ですか」スパーホークが面白がるような顔になる。

「本当はもう少し強いものなのですが、エレネ人にもわかるように言えば、そういうことです」

「未来のことがわかると言うのですか」

教母は笑った。

「とんでもない。それができるのは神々だけです。それさえ完璧なものではありません。わたしにわかるのは、せいぜいある方法が正しいか正しくないかといった程度のことです。今度のことは正しいという感じがするのですよ。それにもう一つ、アルドレアスの亡霊が言っていたことがあります。ベーリオンが隠された場所から顕《あら》われる時が近づいている、と。ベーリオンの力は知っています。わたしたちには想像もつかないやり方で、ものごとを自在に操ることができるのです。ベーリオンがわたしたちに見出されたいと望むなら、地上のいかなる力もそれを妨げることはできません。ペロシアやデイラの昔語りたちは、忘れていたと思っていたことを、それどころか知らなかったはずのことまで、わたしたちに教えてくれることでしょう」

「それはいささか神秘めいていませんか」

「スティリクム人は神秘的なのですよ。知っていると思っていましたが」

11

翌朝は誰もが遅くまで眠っていた。スパーホークは夜明け前に目覚めたが、仲間たちは休ませておくことにした。長旅の疲れと前日の恐ろしい体験がこたえているのだ。スパーホークは天幕の並んだあたりを離れ、日の出を眺めた。空は晴れわたり、まだ星が瞬いていた。前の晩にセフレーニアから力づけられはしたものの、騎士の心は晴れなかった。この探索に手を着けたばかりのころは、目的の正当さと気高さゆえに、どんな障《しょう》碍《がい》も克服できると信じていたようなところがあった。しかし前日の出来事は、スパーホークのそんな甘い考えを完全に吹き飛ばしてしまった。青ざめた若き女王の健康を取り戻すためなら自分の命を奈落《ならく》に投げこむことさえ厭《いと》わない覚悟はあったものの、友人たちの命まで危険にさらすのは、はたして正しいことなのだろうか。

「どうかしたんですか」クリクの声が聞こえて、スパーホークは振り向いた。

「よくわからなくなってしまった。まるで砂をつかみ取ろうとしているような気分だ。今の計画にしても、とてもまともなものとは思えない。五百年前から伝わる話を追いかけようだなんて、まったくばかげているとは思わないか」

「いいえ、そんなことはありませんよ。ペロシアとディラの北部をシャベル片手に二百年間掘りつづけたって、ベーリオンをかすめることさえできないでしょう。その農夫が言ったとおりです。人々を信じることとですよ。いろいろな面で、平民は貴族よりも、あるいは教会よりもすばらしい知恵を持っているものです」クリクは落ち着かなげに咳払《せきばら》いした。「今の話、ドルマント大司教にお話しになるには及びませんからね」

「大丈夫だ」スパーホークは微笑んだ。「もう一つ話し合うことがある」

「何です」

「カルテンとベヴィエとティニアンは、当面まともな活動はできない」

「おっしゃることはわかります」

「悪い癖だぞ、クリク」

「アスレイドの口癖なんですよ」

「あれは賢明な女性だ。いいだろう。これまで悶着《もんちゃく》を避けてこられたのは、甲冑《かっちゅう》姿の騎士がいたというのが大きな理由だろう。教会騎士に逆らおうとする者は、そうはいないからな。問題は、その甲冑姿の騎士がわたしとアラスだけになってしまうことだ」

「数くらい数えられますよ。何が言いたいんです」

「おまえ、ベヴィエの鎧《よろい》を身につけられないか」

「たぶん大丈夫でしょう。着心地がいいとは言えないでしょうが、多少は留め皮で調節できますからね。ただし問題があります。わたしは甲冑は着けません」

「どうしてだ。演習場では着けてたじゃないか」

「あれは演習場だったからです。みんなわたしが誰だか知っていて、なぜ甲冑を着けているかも理解していました。でもここは外の世界です。事情がまるで違いますよ」

「おれにはどう違うのかわからないな」

「そういうことに関しては法があるんですよ、スパーホーク。甲冑を着けられるのは騎士だけです。そしてわたしは騎士じゃない」

「その違いはほとんどないも同然だ」

「それでも違いは違いです」

「甲冑を着けろと命令しなくちゃならないのか」

「できればしないでいただきたいですね」

「おれだってしたくない。おまえの意向は尊重したいと思ってるんだ。でも今は非常事態だ。全員の安全がかかってる。おまえはベヴィエの鎧を着けろ。ベリットがカルテンのを使えるだろう。前におれのを着たことがあるし、おれとカルテンはだいたい同じ体格だ」

「どうしてもですか」

「ほかに方法がない。パレルまでのあいだに何かあっちゃ困るんだ。怪我人を危険にさらすことはできない」

「わたしにだってそのくらいの事情はわかってますよ。気に入らないが、たぶんそうすべきなんでしょう」

「わかってもらえて嬉しいよ」

「そう喜ばないことです。はっきりさせておきますが、これは強制されてすることなんですからね」

「もし何か問題が起きたら、おれが責任を持つ」

「あなたが生きていればの話ですね」クリクは渋い顔で付け加えた。「みんなを起こしますか」

「いや、寝かしておいてやろう。おまえがゆうべ言ったとおり、パレルまで二日はかかるだろう。あわてて出発しても同じことだ」

「時間のことが気になるようですね」

「もうあまり残されていないからな」スパーホークは苦い表情になった。「このあたりで昔話を聞いて歩くのに、かなりの時間を取られてしまうことになるだろう。十二人の騎士のうち、次の一人が斃《たお》れるのも時間の問題だ。その剣はセフレーニアが背負うことになる。あの消耗した様子は知っているだろう」

「セフレーニアは見掛けよりずっと強靭《きょうじん》ですよ。たぶんわたしとあなたを合わせたより多くの重荷に耐えられるでしょう」クリクは天幕を振り返った。「火を熾《おこ》してやかんをかけておきます。あの方は早起きですから」そう言うと、従士は野営地へ戻っていった。

近くで見張りに立っていたアラスが影の中から姿を見せた。

「なかなか興味深い話だった」

「聞いていたのか」

「日の出前の話し声は遠くまで届く」

「承服できないかね――甲冑のことだが」

「おれは別に構わん。サレシア国はこっちと違って、あまり形式を気にしない。はっきり言って、ジェニディアン騎士団には貴族の出ではない者も大勢いる」ちらりと歯を見せて微笑み、「そういう者たちはウォーガン王がぐでんぐでんになるまで待って御前に召し出し、称号を授けさせてしまうんだ。おれの友人の中には、存在しない土地の男爵も何人かいる」アラスは首のうしろをこすった。「ときどきこの貴族制ってもの自体が、まやかしじゃないかと思えることがある。人は人だ――称号があろうとなかろうと。神が称号を気にするとは思えん。ならばどうしておれたちが気にする必要がある」

「そんなことを言ってると革命が起きるぞ」

「そろそろ起きてもいい時期なのかもしれん。ああ、明るくなってきたな」アラスは東の空を指差した。

「今日は天気がよさそうだ」とスパーホーク。

「今夜訊《き》いてくれたら、今日の天気を教えてやろう」

「サレシアでは天気の予想はしないのか」

「予想してもどうにもできないものを、どうして気にする。地図を見せてくれないか。船や海流や卓越風についてなら、多少は知識がある。サラク王がどこに上陸したか、見当がつけられるかもしれん。そうすれば進軍の経路もある程度はわかるだろう。少しは範囲が狭められる」

「悪くない考えだ。範囲を絞りこめれば、質問をするのも楽になる」スパーホークは真顔になった。「なあ、アラス、ベーリオンというのは本当に、言われているほど危険なものなのか」

「言われている以上に危険なものだ。造り出したのはグエリグだが、あれはトロールとしてもあまり愉快なやつじゃない」

「愉快なやつじゃなかったと言うべきじゃないのか。まさかまだ生きているわけでもあるまい」

「死んだとは聞いてない。たぶんまだ生きているだろう。トロールというのは、ほかの生き物のように老齢で死んだりはしない。殺されない限りは生きつづける。もし誰かがグエリグを殺したら、そいつはその話を吹聴《ふいちょう》して回って、おれの耳にも届いているはずだ。サレシアでは冬のあいだ、物語を聞く以外にはあまりすることがない。雪がたっぷりと積もるので、家の中にいるしかないからな。とにかく地図を見せてくれ」

天幕へ戻りながら、スパーホークはアラスのことを気に入っている自分に気づいた。この巨漢のジェニディアン騎士は普段は寡黙だが、いったん友情の扉を開いてしまえば、抑制されたユーモアを発揮する。それはカルテンの饒舌《じょうぜつ》なユーモアよりも楽しめるほどのものだった。いい仲間たちだ、とスパーホークは思った。最高の連中だ。もちろんそれぞれに持ち味は違うが、それは初めからわかっていたことだ。探索の結果がどのようなものになろうと、この仲間たちと知り合えただけで、よかったと言うべきだろう。

セフレーニアは火のそばでお茶を飲んでいた。二人の騎士が火明かりの輪の中に入ると、教母が声をかけてきた。

「早いのですね。計画に変更でも？　早発《はやだ》ちすることにしたのですか」

「そうじゃありません」スパーホークは教母の手に口づけをして挨拶した。

「お茶をこぼさないでください」とセフレーニア。

「わかってます。今日はせいぜい五リーグも行ければいいほうでしょうから、みんなもう少し寝かせておこうと思います。あの馬車ではそうは速度が出ませんし、状況を考えれば、暗い中を動きまわるのもどうかと思います。ベリットはもう起きてますか」

「ごそごそやっていたようです」

「ベリットをカルテンの甲冑に押しこんで、クリクにベヴィエのを着けさせようと思ってるんです。友好的でない連中に二の足を踏ませることができるようにね」

「あなたがたエレネ人は、そういうことしか考えないのですか」

「はったりは時に戦いにまさる」とアラス。「人を騙《だま》すのは嫌いじゃない」

「あなたもタレン並みですね」

「そんなことはない。おれの指は他人の財布を抜き取れるほど器用じゃない。誰かの財布が欲しいと思ったら、おれはそいつの頭を殴っていただく」

セフレーニアは吹き出した。「わたしのまわりは盗賊だらけです」

夜明けは好天だった。空は抜けるように青く、周囲の丘を覆う濡れた草は緑に輝いている。

「朝食を作るのは誰の番だ」スパーホークがアラスに尋ねた。

「あんただ」

「本当か」

「そうだ」

二人でほかの者たちを起こし、スパーホークは荷物の中から調理用具を取り出した。

食事がすむとクリクとベリットは予備の槍を伐《き》り出しに近くの木立へ行き、そのあいだにスパーホークとアラスが、傷ついた仲間たちをタレンのおんぼろ馬車に移した。

「今の槍じゃあどこかまずいのか」クリクが戻ってくると、アラスが尋ねた。

「折れやすいんですよ」クリクは伐ってきた木を馬車に縛りつけながら答えた。「とくにみなさんの使い方を見てるとね。予備は何本あってもいい」

「スパーホーク」タレンがそっと声をかけた。「また灰色のスモックを着た連中がいるよ。向こうの藪《やぶ》の陰に隠れてる」

「どんな連中だかわかるか」

「剣を持ってた」

「じゃあゼモック人だ。何人くらいいた」

「見えたのは四人だね」

スパーホークはセフレーニアに近づいた。

「ゼモック人が数人、向こうの藪に隠れています。シーカーに支配された人間は隠れたりするものなんですか」

「いいえ。即座に襲ってくるはずです」

「だろうと思いました」

「どうするつもりだ」とカルテン。

「追い散らす。オサの手下にあとを尾《つ》けられたくはないからな。アラス、馬でしばらく連中を追いまわしてやろう」

アラスはにっと笑って鞍にまたがった。

「槍はいりますか」とクリク。

アラスは斧を手にしてうなるように答えた。「この程度の仕事に、大袈裟《おおげさ》すぎる」

スパーホークはファランの背にまたがり、盾《たて》を皮紐《かわひも》で固定して剣を抜いた。二人が歩み出てしばらくすると、隠れていたゼモック人たちが警戒の叫びを上げながら飛び出し、逃げていった。

「しばらく追いかけよう」とスパーホーク。「息が切れて戻ってこられない程度にまで消耗させておきたい」

「わかった」アラスは普通駆足《キャンター》で馬を走らせた。

二人の騎士はゼモック人たちが隠れていた藪《やぶ》を踏みしだき、どこまでも広がる平原へと敵を追いかけた。

「どうして殺さない」アラスがスパーホークに叫びかける。

「その必要はないだろう」スパーホークも叫びかえした。「たった四人だ。大した脅威にはならない」

「甘いな、スパーホーク」

「そうでもないさ」

二人は二十分ほどゼモック人を追いかけて馬を止めた。

「よく走る連中だ」アラスが小さく笑った。「そろそろ戻らないか。いい加減飽きてきた」

二人が合流して、一行は湖沿いに北へ向かった。農民の姿は見かけたが、ゼモック人のいる様子はない。アラスとクリクが先頭に立って、一行はゆっくりと進んでいった。

「さっきの連中は何をしてたんだと思う」カルテンがスパーホークに尋ねた。金髪の騎士は馬車を引く馬の手綱を執《と》っていたが、片方の手は折れた肋骨の上を押さえていた。

「オサは戦場を掘り返す者をすべて見張らせているんだと思う」スパーホークが答える。

「誰かがベーリオンに出くわした場合、オサとしてはぜひそれを知りたいだろうからな」

「つまりもっといるはずだってことか。しっかり目を見開いといたほうがいいな」

日が高くなるにつれて気温も上がり、先週のように雲がかかって雨になってくれればいいのにと思えるほどになった。スパーホークは黒いエナメル引きの甲冑の中で汗にまみれながら、むっつりと馬を進めた。

その晩はペロシアとの国境に近い樫《かし》の巨木の森で野営し、翌朝は早発ちした。国境を守っていた警備兵たちはうやうやしく道をあけ、午後のなかばには一行は丘の上に立って、ペロシア国の都市パレルを見下ろしていた。

「思ったよりも早く着きましたね」坂道を下りながらクリクが言った。「その地図、本当に正確なんですか」

「完全に正確な地図なんてあり得ない。だいたいのところがわかればいいのさ」

「サレシアの地図作りに知り合いがいる」アラスが口をはさんだ。「そいつはエムサットからフスダルまでの地図を作ろうとした。最初はあらゆるものを慎重に歩測していったんだが、一日かそこらで馬を買いこんで、目測ですませるようになった。できあがった地図は正確とはほど遠いものだったが、新しい地図を引くのが大変なので、誰もがそれを使っている」

街の南門の門衛は質問らしい質問もせずに一行を通し、スパーホークは評判のいい宿の場所と名前を教えてもらった。

「タレン、この宿まで独りで行けるか」

「もちろんさ。どんな街のどんな場所だって独りで見つけ出せるよ」

「よし、じゃあここに残って、南からの街道に目を光らせててくれ。例のゼモック人たちがまだこっちに興味を示してるかどうか知りたいんだ」

「任せといて」タレンは鞍から下りて、馬を門の脇の柱につないだ。少し戻って街道沿いの草地に腰をおろす。

スパーホークたちはがたがたする馬車を引き連れて街に乗りこんだ。パレルの街の石畳の街路は人通りが多かったが、人々は聖騎士の姿を見て道をあけ、一行は半時間ほどで宿に着くことができた。スパーホークは馬を下り、中に入った。

宿の主人はペロシア特有の先の尖《とが》った帽子をかぶり、やや傲慢《ごうまん》そうな表情をしていた。

「部屋はあるかね」スパーホークが尋ねた。

「もちろんだ。宿屋なんだから」

スパーホークは冷たい表情で男を見つめたまま黙っている。

「どうかしたのか」

「おまえが話を終えるのを待っている。言い忘れた言葉があるだろう」

宿の主人は赤面した。「失礼しました、閣下」

「少しはましになったな。怪我人が三人いる。このあたりに医者はいるか」

「そこの通りの先にいます、閣下。看板が出てます」

「腕はいいのか」

「わかりません。病気をしたことがないもんで」

「とりあえずそこでいい。怪我人を運びこんだら、その医者を呼びにやる」

「往診はしないと思いますよ。おそろしく気位の高い先生で、診療所を離れるのは沽券《こけん》にかかわると思ってるみたいですから。病人や怪我人のほうを来させるんです」

「説得してみるさ」スパーホークが不気味な口調で言う。

宿の主人は神経質そうな笑い声を上げた。「何人《なんにん》様ですか、閣下」

「十人だ。怪我人を部屋に運んだら、その気位の高い先生とちょっと話し合いに行くことにしよう」

全員が手を貸してカルテンとティニアンとベヴィエを階上の部屋に運んでから、スパーホークは独りで降りてきて、黒いケープをひるがえしながら、断固とした顔で通りを歩いていった。

めざす診療所は八百屋の二階にあって、外から階段で入っていけるようになっていた。スパーホークはがしゃんがしゃんと階段を上り、ノックもせずに中に入った。医者は鼬《いたち》のような顔立ちの小男で、鮮やかな青いローブを着ていた。読んでいた本から顔を上げ、案内も乞わずに部屋に入ってきた黒い甲冑の恐ろしげな男を見てわずかに目を剝《む》いた。

「失礼じゃないか、きみ」

スパーホークはそれを無視した。いちばんの近道はよけいな議論を封じることだと心に決めていたのだ。

「あなたが医者ですか」感情のこもらない声で尋ねる。

「そうだ」

「いっしょに来ていただきます」

「しかし――」

「議論はなしです。怪我人が三人、おいでを待っています」

「ここへ連れてこられないのかね。往診はしない方針なんだが」

「方針は変更できるでしょう。必要なものを持って、いっしょに来てください。すぐそこの宿までです」

「ちと乱暴ではないかな、騎士殿」

「その点をわたしと議論するつもりですか、ネイバー」スパーホークの声は冷酷そのものだった。

「いや――そんなつもりはない。今回は例外ということにしよう」

「そう考えてくれると思っていました」

医者は急いで立ち上がった。

「道具と薬を持っていこう。どういう怪我人なんだね」

「一人は肋骨が折れています。もう一人は内臓から出血しているようです。三人めは主に疲労です」

「疲労は簡単に取れる。何日か安静にして、寝かせておけばいい」

「時間がないのです。何とか歩けるようにしてやってください」

「怪我をしたのはどういう事情かね」

「教会の仕事です」スパーホークは簡単に答えた。

「教会にはいつでも奉仕する用意がある」

「それを聞いて大いに安心しましたよ」

スパーホークは気乗り薄げな医者を宿まで先導し、二階に案内した。医者が診察を始めると、騎士はセフレーニアを脇へ引っ張っていった。

「今日はもう遅いので、皮なめし職人を訪ねるのは明日にしませんか。あまり急《せ》かして大事なことを聞き漏らしては困りますから」

「そうですね。それにこの医者がきちんと治療してくれるかどうかも見ておきたいですし。どうも頼りなさそうな感じですが」

「大丈夫ですよ。しくじったらどういうことになるか、もうわかってるはずですから」

「あなたという人は」セフレーニアが非難めいた口調になる。

「簡単なことなんですよ。三人が回復しなければ、医者が健康を害することになる。おかげで最善をつくす気になってるようですよ」

ペロシアの料理というのはキャベツとビートと蕪《かぶ》をいっしょに茹《ゆ》でて、塩漬け豚肉でわずかに味つけしただけのものが主流らしかった。セフレーニアとフルートは豚肉を受け付けなかったので、別に生野菜と茹で卵の食事を作った。カルテンは目に入るものをことごとく口に運んでいた。

暗くなってからタレンが宿にやってきた。

「まだ尾けてきてるよ、スパーホーク。しかも数がずいぶん増えてる。街のすぐ南の丘の上に、少なくとも四十人はいたと思うんだ。今度は馬に乗ってる。丘の上から様子をうかがって、今は森の中に隠れてるよ」

「四人に比べると問題が大きいな」とアラス。

「まったくだ。何かいい知恵はありませんか、セフレーニア」スパーホークが教母に尋ねる。

セフレーニアは眉をひそめた。

「こちらはそれほど道を急ぎはしませんでした。馬に乗っているのなら楽に追いつけたはずです。どうやらただ尾行しているだけらしいですね。アザシュはわたしたちの知らないことを何か知っているのでしょう。何カ月もスパーホークを殺そうとしていたのに、ここへきて尾行だけを命じているのですからね」

「敵が作戦を変更した理由はわかりませんか」

「いくつか思い当たることはありますが、いずれも推測の域を出ません」

「街を出るときは気をつけたほうがいいな」カルテンが言った。

「それだけじゃない」とティニアン。「こっちが街道の人気《ひとけ》のないあたりに差しかかるまで時間をつぶして、待ち伏せの準備をしてるのかもしれない」

「なかなか楽しい話だ」カルテンが不機嫌に言った。「さて、みんなはどうか知らんが、おれはそろそろ寝ることにするよ」

翌朝も空は晴れわたり、湖からは気持ちのいい風が吹いていた。スパーホークは鎖帷子《くさりかたびら》と目立たない短衣《チュニック》を着て、羊毛の脛《すね》当てをつけた。それからセフレーニアと二人で宿を発ち、北門からパレルの街を出て、バードという名前の皮なめし職人のもとへ向かった。通りを歩いているのは、ほとんどがさまざまな道具を持った職人たちだった。いずれも質素な青いスモックを着て、先の尖った帽子をかぶっている。

「あの格好がどんなにばかげて見えるか、気がつかないんですかね」スパーホークがつぶやいた。

「何のことを言っているのです」とセフレーニア。

「あの帽子ですよ。できの悪い生徒にかぶせる低能帽みたいだ」

「シミュラの廷臣がかぶっている羽根飾りのついた帽子よりはましだと思いますけど」

「そういえばそうですね」

皮なめし場は北門からかなりの距離にあり、すさまじいにおいがした。セフレーニアは鼻に皺《しわ》を寄せた。

「気持ちのいい朝が台なしですね」

「できるだけ手短にすませますよ」

その職人は固太りで頭の禿《は》げ上がった男で、点々と褐色の染みのついた帆布の前掛けをしていた。スパーホークとセフレーニアが庭に入っていったときは、柄の長い柄杓《ひしゃく》で大きな桶《おけ》をかき回しているところだった。

「今すぐ行きますから」その声は石板の上に石を転がしたようなどら声だった。男はさらに一、二度かき回してから厳しい目で樽《たる》の中を見つめ、柄杓を脇に置いて、前掛けで手をふきながら二人のほうへやってきた。「何のご用でしょう」

スパーホークは馬を下り、セフレーニアが白い乗用馬から下りるのに手を貸した。

「ラモーカンドのワトという農夫に聞いてきたんだが、きみなら力になってくれるだろうということで」

「ワトのやつに？」職人は笑顔になった。「あいつ、まだ生きてましたか」

「三日前には生きてたよ。きみがバードかね」

「あっしです、旦那。力になるってのは、どんなことで」

「昔このあたりであった大きな戦いのことを尋ねて歩いているんだ。当時サレシアの国王だった人の遠い親戚《しんせき》が今もサレシアにいてね。ぜひ遺骨を持ち帰って、故国に埋葬したいと言っているんだ」

「このあたりの戦いにどっかの王様がいたって話は、聞いたことがありませんねえ。もちろん、だからいなかったってことにはなりませんがね。王様ってのは、平民に自己紹介して歩いたりはしないだろうから」

「じゃあ、このあたりでも戦いはあったんだな」

「戦いと言っていいかどうかは知りませんがね。むしろ小競合《こぜりあ》いってところでしょう。大きな戦いがあったのは湖の南のほうですからね。あっちじゃあ軍団だの連隊だのって単位で戦ってたわけだけど、このあたりの戦いはもっと小規模なもんですよ。最初は主にペロシア軍で、そのうち北からサレシア軍がやってきたようですね。オサのゼモック軍はしきりに偵察隊を出してて、それであちこちでちょっとした戦闘があったんですが、いずれにしてもそんな大きな戦いじゃないですよ。この近くでも何度かあったんですが、サレシア軍が関わってたかどうかはわかりません。サレシア軍はたいていもっと北のヴェンネ湖か、あるいはガセックのあたりで戦ってたんじゃないですかね」と、バードは急にぱちんと指を鳴らした。「そうだ、あの人に聞いてみればいいんだ。どうして最初に思いつかなかったのかな」

「うん？」

「まったく、おれの頭はどこに行っちまってたんだろうね。ガセックの伯爵ですよ。カモリアの大学に行ってたとかで、歴史だの何だのを研究してるんです。あの戦いに関する本は全部読んでて、でも湖の南端に至るまでの地域であった戦いのことは、ほとんど書いてないらしいんですね。それで大学を終えてから戻ってくると、このあたりに残ってる古い話を収集して本にしはじめたんです。もう何年もやってますから、今ごろはペロシア北部に残る話はほとんど集まってるんじゃないですかね。あっしのとこにまで来て、話を聞いていきましたよ。ガセックからはけっこうな距離なのにね。大学で教えてる歴史の中の、大きな空白部分を埋めるつもりなんだって言ってましたっけ。そうですよ、ガセック伯爵をお訪ねになるといい。その王様のことを知ってる人がペロシアにいるとしたら、まず伯爵がその人でしょう。何か話を聞いたとしたら、その本に書いてるはずですからね」

「わが友よ」スパーホークは温かい声で呼びかけた。「きみはまさに問題を解決してくれた。その伯爵にはどこへ行けば会えるかな」

「いちばんいいのはヴェンネ湖へ向かうことですね。湖の北の端に、同じ名前のヴェンネって街がある。そこからさらに北へ行くんです。かなりひどい道だけど、この季節なら通れるでしょう。ガセックってのは街じゃなくて、伯爵の領地の呼び名でね。あたりにいくつか村があるから、聞けばお館《やかた》の場所は教えてくれるはずです。宮殿というか、お城ですがね。何度かそばを通ったことがありますけど、寒々しい雰囲気でね。中に入ったことはないんですが」男はがらがらした笑い声を上げた。「あっしと伯爵が同じ輪の中に入ることはないからね。意味はおわかりでしょうが」

「よくわかるとも」スパーホークは数枚の硬貨を取り出した。「暑そうな仕事だな」

「そうなんですよ、旦那」

「今日の仕事を終えたら、これで冷たいものでもやってくれ」騎士は職人に硬貨を手渡した。

「こいつはすいません。ありがたく頂戴します」

「ありがたいのはわたしのほうだよ、バード。何カ月という時間を節約させてくれたんだ」スパーホークはセフレーニアに手を貸して馬に乗せ、自分もファランにまたがった。

「わたしがどれほど感謝しているか、きっと想像もつかないだろう」騎士はそう言って皮なめし職人に別れを告げた。

街へ戻る街道に出ると、スパーホークは教母に話しかけた。

「思っていた以上の収穫でしたね」

「だから言ったでしょう」

「ええ、確かにおっしゃいました。疑ったりしなければよかった」

「疑いを持つのは自然なことです。それではガセックへ行くのですね」

「もちろんです」

「明日まで待ったほうがいいでしょう。医者はみんなとくに危険な状態ではないと言いましたが、もう一日休んでも悪いことはないでしょうから」

「馬には乗れますかね」

「最初はゆっくり行くしかないでしょう。でも乗っているうちに回復してくると思います」

「わかりました。明日の朝一番に出発することにしましょう」

スパーホークがバードから聞いた話をすると、一行の雰囲気は目に見えて明るくなった。

「どうも簡単すぎるな。あまり簡単だと不安になる」アラスが言った。

「そう悲観的になるなよ」とティニアン。「ものごとは明るい面を見るようにしないとな」

「おれはむしろ最悪の場合を考える。そうすればうまくいった時、喜びも大きい」

「もう馬車は用ずみかな」タレンがスパーホークに尋ねた。

「いや、万一を考えて持っていくことにしよう。誰かの体調が悪くなっても、馬車に乗せることができるからな」

「備品を調べておきたいんですが、次に市場のある街へ着くまでにはかなり時間がかかりそうです。ここで必要なものを仕入れるのに、金がいるんですがね」

クリクのそんな言葉さえ、スパーホークの幸せな気分を損ねることはできなかった。

その日はそのまま何事もなく過ぎ去り、一同は早めに就寝した。

スパーホークはベッドに横たわって闇を見つめていた。何もかもうまくいきそうだ。ガセックまではかなりの距離だが、伯爵の記録がバードの言うとおりの詳細なものなら、求める答えはガセックで得られるだろう。そうなればあとはサラクが埋められている場所へ行って、王冠を掘り出すだけだ。それからベーリオンとともにシミュラへ取って返し――

小さくドアを叩く音がした。スパーホークは起き上がり、ドアを開けた。

セフレーニアだった。その顔は蒼白で、頰《ほお》には涙が流れていた。

「いっしょに来てください、スパーホーク。もはや独りでは顔を合わせられません」

「顔を合わせるって、誰にです」

「いいから来てください。間違っているのではないかと望んでいるのですが、そうはいかないでしょう」

教母は先に立って廊下を歩き、フルートと二人で寝ている部屋のドアを開けた。今や馴染《なじ》みとなったあの墓所のようなにおいが、またしてもスパーホークの鼻を衝《つ》いた。フルートは毅然《きぜん》とした顔で、恐れる様子もなくベッドの上に座っていた。その目はまっすぐに、影のような黒い甲冑の人影を見つめている。その影が振り返り、スパーホークは傷痕《きずあと》のある顔を目の当たりにした。

「オルヴェン」打ちひしがれた声がスパーホークの口から洩れた。

サー・オルヴェンの亡霊は何も答えず、ただ両手に捧《ささ》げ持った剣を差し出した。

セフレーニアは声を上げて泣きながら進み出て、その剣を受け取った。

オルヴェンの亡霊はスパーホークを見て、なかば敬礼するかのように片手を上げた。
そして亡霊は消えうせた。

本書は、一九九六年六月に角川スニーカー文庫より刊行された『ルビーの騎士』を二分冊にして改題した新装版の、第一分冊です。

訳者略歴　1956年生，1979年静岡大学人文学部卒，英米文学翻訳家　訳書『ダーウィンの剃刀』シモンズ，『コラプシウム』マッカーシイ，『水晶の秘術』エディングス（以上早川書房刊）他多数

HM=Hayakawa Mystery
SF=Science Fiction
JA=Japanese Author
NV=Novel
NF=Nonfiction
FT=Fantasy

エレニア記③

四《よっ》つの騎士団《きしだん》

〈FT424〉

二〇〇六年九月　十　日　印刷
二〇〇六年九月十五日　発行

（定価はカバーに表示してあります）

著　者　デイヴィッド・エディングス
訳　者　嶋《しま》田《だ》洋《よう》一《いち》
発行者　早川　浩
発行所　株式会社　早川書房
郵便番号　一〇一 - 〇〇四六
東京都千代田区神田多町二ノ二
電話　〇三 - 三二五二 - 三一一一（大代表）
振替　〇〇一六〇 - 三 - 四七七九九
http://www.hayakawa-online.co.jp

印刷・信毎書籍印刷株式会社　製本・株式会社堅省堂
Printed and bound in Japan
ISBN4-15-020424-1 C0197